I0751421

LES

SOUPERS

DU LASCA

TOME II

PARIS

Isidore LISEUX, Éditeur

Rue Bonaparte, nº 2

1882

LES SOUPERS

DU

LASCA

TOME SECOND

LES
SOUPERS
DU LASCA

ou Recueil des Nouvelles

D'ANTONFRANCESCO GRAZZINI

Florentin, dit le *Lasca*

(XVIe siècle)

Traduction complète et littérale

TOME SECOND

PARIS

Isidore LISEUX, Éditeur

Rue Bonaparte, n° 2

1882

LES SOUPERS DU LASCA

DEUXIÈME SOUPER (*Suite*)

CINQUIÈME NOUVELLE

CURRADO, *seigneur de l'antique cité de Fiesole, s'aperçoit que son fils couche avec sa femme; il se met en colère et les fait mourir tous deux de la façon la plus cruelle; après cela, il est massacré par le peuple à cause de son abominable cruauté.*

EANDRO était enfin arrivé au terme de sa très longue Nouvelle qui, loin de déplaire, avait paru fort agréable, malgré sa longueur, et lui avait valu de vifs éloges; son récit avait à plusieurs reprises fait rire aux éclats la compagnie. Siringa, qui venait après lui, se mit en souriant à parler ainsi : « Léandro vous a certainement

» tenu parole avec sa Nouvelle ; a-t-elle été » assez gaie, assez amusante ! Dieu sait que » je voudrais bien trouver le moyen de l'i- » miter ; mais puisque cela ne plaît pas au » ciel, je vais tâcher de vous faire pleurer » autant et peut-être plus qu'il ne vous a » fait rire, en vous racontant la lamentable » histoire de deux amants, bien digne vrai- » ment de faire couler vos larmes. »

Fiesole, quoiqu'elle soit aujourd'hui détruite et ruinée, fut autrefois une noble et magnifique cité, pleine de maisons, de temples et de palais aussi bien que d'habitants. Au temps où elle était conduite et gouvernée par ses princes et où elle vivait dans la paix et dans l'allégresse, elle eut, entre autres, pour seigneur, un nommé Currado. C'était un homme bon et généreux, que ses concitoyens aimaient et chérissaient. A cinquante ans passés, il voulut prendre femme, bien qu'il eût été déjà marié ; mais sa première femme était morte depuis plusieurs années, laissant un fils, nommé Sergio, qui avait alors seize ans et qui était merveilleusement beau.

Currado, désireux de se marier, après avoir trouvé bien des femmes et avoir longtemps hésité, prit à la fin la fille de Lucio Attilio, citoyen Romain, qui gouvernait au nom de la République et du sénat de Rome, la ville de Pise, qu'on nommait alors Alſea, et y administrait la justice. C'était une des plus belles jeunes filles qu'il y eût en Italie; elle se nommait Tiberia ; elle était à la fleur de l'âge, au temps de sa plus verte jeunesse, et elle eût bien mieux convenu au fils qu'au père. Les noces furent magnifiques et somptueuses, comme il convenait à la qualité et au rang des époux ; puis Currado vécut heureux et content, sa femme ne manquant de rien, sinon de ce que désirent toutes les femmes mariées: elle était mal servie et trop rarement; néanmoins, comme elle était extrêmement honnête, elle n'avait pas l'air de s'en soucier.

Deux ans se passèrent ainsi. Sergio avait grandi, il se trouvait chaque jour et sans cesse à manger, à boire, à causer avec sa belle-mère, sans exciter le plus léger soupçon ; il s'en éprit et s'enflamma pour elle d'une telle passion, qu'il n'avait de bonheur et de soulagement qu'à la voir et à lui parler; d'heure en heure, de jour en jour, sa passion devenait plus vive, l'amour pénétrait plus profondément dans son cœur, et il en vint à ce point que, ne voulant se découvrir à personne, il tomba malade et finit par être si faible qu'il dut garder le lit. Combien cela fit de peine et de chagrin à Currado, il ne faut pas le demander; il fit venir vite les meilleurs médecins, qui, ne connaissant pas la maladie du jeune homme, lui prescrivirent inutilement une foule de remèdes. Cela ne servit à rien, rien ne pouvait améliorer l'état du malade, qui allait toujours en empirant; les médecins finirent par le condamner et l'abandonner, disant au père qu'il n'y avait pas de remède à son mal. Currado, désespéré, avait demandé mille fois à son fils quelle était la cause de sa maladie; il n'avait jamais pu en tirer d'autre réponse que celle-ci : — « Je sens que je m'en vais petit à » petit. » Tiberia, elle aussi, éprouvait un profond chagrin; elle ne savait pas qu'elle était la seule et la vraie cause de la maladie du jeune homme.

Sergio avait pris la résolution de mourir en se taisant, il ne voulait plus rien prendre; une vieille femme, qui avait été sa nourrice, se rencontra un jour avec la princesse, au moment où elle emportait de sa chambre ce qu'elle y avait porté à manger, et elle lui dit : « Sergio n'en a » pas pour longtemps, il n'a pas seule- » ment voulu prendre une bouchée ce » matin; voyez, j'emporte son dîner tel » que je le lui ai apporté. » Tiberia, que cela désolait au delà de toute expression, dit à la nourrice : — « Donne-moi un » peu tout cela; voyons si je réussirai » mieux que toi. » Elle prit l'assiette à la main et se dirigea droit à la chambre où était étendu Sergio mourant;

elle le salua d'un air compatissant et le pria de vouloir bien manger pour l'amour d'elle; puis, prenant un peu de soupe dans une cuiller, elle la lui approcha des lèvres. Sergio, qui avait peu mangé le soir précédent et qui n'avait rien voulu prendre le matin, ouvrit la bouche, sans autrement réfléchir, quand il entendit ces doux accents, et se mit à manger : si bien qu'il engloutit tout son dîner; les personnes présentes en furent extrêmement étonnées; Tiberia le remercia et l'encouragea, puis elle le quitta toute joyeuse. Le soir vint et elle en fit autant; Sergio, ne sachant et ne pouvant rien lui refuser, mangea, malgré sa résolution bien arrêtée de mourir, et il sentait un peu de joie lui revenir au cœur, surtout quand la princesse était auprès de lui. En quatre ou six jours, on vit que son état s'était bien amélioré; le père le reconnut bien aussi et en fut enchanté, et chaque jour il faisait faire des prières et des sacrifices à ses Dieux et il priait sa femme de ne pas se décourager de poursuivre l'œuvre de charité qu'elle avait entreprise, en faisant manger son fils et en lui rendant la vie.

La nourrice, femme de grande expérience et plus sage que tous les autres, comprit trop bien pourquoi Sergio avait pris à manger des mains de sa belle-mère, pourquoi il avait continué à manger et à se rétablir ; elle alla donc trouver la princesse et lui dit : — « Madame, il me semble » que vous êtes aussi adroite et aussi » sage, que vous avez autant de succès » et de bonheur que n'importe quelle » femme que j'aie connue jusqu'ici ; je » veux donc que vous disiez à Sergio » que pour la fête de Mercure, qui vient » dans huit jours, vous comptez donner » dans votre jardin un beau repas, et que » vous désirez qu'il y assiste ; priez-le » ensuite, pour l'amour de vous, de » s'efforcer de guérir afin d'être en état » de se rendre à votre vœu ; et vous » verrez, » ajouta la vieille, « qu'il re-

» viendra mieux portant que jamais. »

La princesse, entraînée par un zèle louable, demanda le lendemain matin à Sergio, quand elle lui eut donné à manger, tout ce que la nourrice lui avait dit de demander; Sergio lui répondit timidement : — « Madame, je vous remercie, » et mon désir de vous être agréable est » si vif, que les Dieux me viendront en » aide, je crois, pour que je puisse vous » obéir, et qu'ils me laisseront vivre » pour vous honorer et vous servir tou» jours; je n'hésiterai jamais à donner » ma vie pour vous, car c'est de vous » que je l'ai reçue. » Il se tut; la princesse lui rendit grâces et prit congé.

La nourrice, qui avait tout entendu, et qui avait observé le visage de Sergio, vit, à des signes certains, qu'il était bien vrai que son amour pour sa belle-mère avait été la cause de son mal d'abord, de sa guérison ensuite. La veille du jour du repas étant venue, et Sergio ayant recouvré la santé, ce qui avait mis la joie dans la maison, Tiberia alla trouver Currado et lui raconta tout ce qui s'était passé; Currado en fut très content; il fit faire aussitôt, au nom de la dame, hors de la ville, dans le jardin, les préparatifs d'un repas qu'il voulut le plus somptueux possible. Tiberia invita quarante des plus belles et des plus nobles dames de Fiesole, et, le jour suivant, vers les trois heures, elle se rendit non loin de la ville, à un endroit où ils avaient un superbe palais et un magnifique jardin, situé au sommet d'une colline, d'où l'on voyait le limpide Arno couler dans les plaines les plus fertiles et d'où l'on apercevait nombre de villages, de châteaux et de villas. Quand elle y fut arrivée avec sa société, elle se mit à attendre son mari et son beau-fils, en se promenant gaiement dans les jardins délicieux; au bout de peu de temps, Currado et Sergio arrivèrent, accompagnés d'une brillante escorte; ils furent accueillis par les dames avec beaucoup de grâce et de respect; enfin on donna l'eau pour les mains et on se mit à une table garnie de mets excellents et des vins les plus précieux. Après le repas, on chanta, on fit de la musique et on dansa.

Les couleurs étaient revenues à Sergio; il était redevenu si beau, que tout le monde s'en étonnait; la princesse, qui le regardait, le trouvait beaucoup plus gracieux et plus aimable qu'auparavant : elle se faisait gloire de l'avoir arraché à la mort et de l'avoir remis en si bon état. Sergio, toujours auprès d'elle, cherchait à lui plaire par ses paroles et par ses actions; et il éprouvait, en la regardant fixement, un tel contentement, qu'il ne l'aurait pas changé contre celui qu'éprouvent, dit-on, dans les Champs-Élysées, les âmes des bienheureux. Quand le soir arriva, tout le monde monta à cheval et on revint à la ville.

Tiberia, voyant croître de jour en jour, de mois en mois, la beauté et la grâce de Sergio, et le trouvant très affectueux pour elle, finit, sans s'en apercevoir, par concevoir pour lui un amour si vif, une passion si ardente, qu'elle ne pouvait plus vivre; elle ne voulait en parler à personne, ni se découvrir à Sergio, et elle ne faisait autre chose, quand on ne la voyait pas, que pleurer et se lamenter, se répétant à elle-même bien souvent : « Infortunée ! tu as cherché le bien d'un » autre qui aujourd'hui te met au supplice; » tu as conservé vivants le tourment et » le chagrin qui te poursuivent et t'at- » tristent ; tu as procuré le salut à qui » est aujourd'hui cause de ton malheur ; » tu as donné la vie à qui te fait mourir ; » combien vaudrait-il mieux pour toi, » hélas ! n'être jamais née que de vivre » malheureuse comme tu l'es ! Et pour » qui as-tu conçu cet ardent amour ? » Comment, sans commettre un énorme » péché, de quelle façon, sans encourir » une honte épouvantable, peux-tu satis- » faire ces désirs, réaliser ces rêves qui » te tourmentent si fort ? Arrache-toi du

» cœur, arrache-toi cette amour illicite ; » tourne ton esprit vers un plus louable » projet, si tu veux éviter la honte pour » jamais, la perte de ton âme pour l'éter- » nité ! » Mais ensuite, la divine beauté, les gracieuses manières, les doux et aimables propos du bien-aimé lui revenaient à l'esprit ; elle n'était plus la même qu'un instant auparavant, et elle se disait : « Comment pourrai-je jamais ne » pas aimer, honorer et adorer la ma- » jesté, la bonne grâce, la douceur, la » beauté de son visage, de ses actes, de » sa parole, de toute la personne de » celui que le ciel, le destin, la fortune » et l'amour ont créé pour mon bien, » pour mon bonheur, pour ma consola- » tion, pour mon repos ? Je ne puis pas, » je ne dois pas m'opposer aux volontés » célestes. Que fais-je d'ailleurs ? Je suis » jeune et j'aime un jeune homme, chose » ordinaire et la plus naturelle du monde ; » de combien d'autres n'ai-je pas lu et » entendu raconter les amours malhon-

» nêtes et criminelles? Je laisse de côté
» les parents qui ont connu leur pa-
» rentes; mais que dirai-je des frères qui
» ont eu des rapports avec leurs sœurs,
» des pères qui en ont eu avec leurs
» filles? Ce jeune homme, à y bien re-
» garder, n'a pas avec moi le moindre
» lien de parenté; pourquoi hésiter,
» hélas! qu'ai-je à craindre? pourquoi ne
» pas lui dévoiler mon désir, ma dou-
» leur et mes tourments? Il est gentil
» et aimable; outre cela, il m'a les plus
» grandes obligations, il s'est mille fois
» offert à moi; mille fois il m'a dit que
» son plus vif désir en ce monde est de
» me faire plaisir, de se consacrer à
» mon service; pourquoi donc tarder?
» qui me retient? pourquoi ne pas aller
» le trouver tout de suite? Ah! comme
» je crois qu'il se plaindra de ma froideur,
» de mon manque de confiance, et de
» mon peu de courage! comme il m'en
» fera des reproches! comme je suis sûre
» qu'en entendant mes plaintes et en

» voyant mes larmes, il aura dû chagrin, » il éprouvera de la tristesse! et moi, » ennemie de moi-même, je me plais à » me tourmenter, j'attends encore, je » tarde à tout lui dire. Il me semble voir » déjà ses bras ouverts, je me sens serrer » par eux, déjà je sens sa bouche qui » baise amoureusement la mienne... » Et elle s'absorbait si bien dans ses pensées, que l'illusion ne lui faisait guère moins de plaisir que la réalité. Elle se leva, comme pour aller le trouver; elle se mit en route, mais se retint en se disant : « Si par malheur, s'attendant à » toute autre chose de ma part, il se met» tait en colère; si, après m'avoir aimée » et respectée comme une honnête » femme, il allait, par respect pour son » père, me mépriser et me haïr comme » une femme impudique, ah! ma pauvre » vie, où en serais je? Je serais forcée de » me tuer de mes propres mains, puis» que j'aurais perdu tout espoir. » Et ainsi, pour ne pas aller de mal en pis, elle se contentait de repaître ses yeux et ses oreilles de la vue et des paroles de son cher Sergio.

D'un autre côté, le jeune homme, non moins chagrin qu'elle, quoiqu'il voulût vivre pour son amour, aurait bien désiré cependant en cueillir les fruits ardemment convoités. Le respect qu'il avait pour son père, l'énormité du péché, le soin de son honneur, le retenaient sans doute; malgré cela, la puissance insurmontable de l'amour s'était si bien exercée sur lui, que s'il l'avait pu et si cela avait plu à la dame, il aurait, comme je l'ai dit, assouvi ses ardents désirs ; c'était, en attendant, pour elle et pour lui, un soulagement à leur douleur cuisante de se voir, de causer, de converser, de boire et de manger continuellement ensemble. Ainsi, tout en ayant les mêmes intentions et les mêmes désirs, tout en voulant et en souhaitant ardemment la même chose, ils gelaient dans le feu et brûlaient dans la glace ; et ils mouraient de soif en pleine mer, faute de tendre la main pour prendre de l'eau.

Cependant, ils prirent petit à petit quelque assurance et, un jour que Currado était parti pour la chasse et ne devait rentrer que le soir, ils se trouvèrent seuls ensemble dans la chambre de la dame et se mirent à parler de maladies. Sergio dit à ce propos : « La dernière que j'ai » eue, Madame, a été bien terrible, et » certainement elle m'aurait emporté, si » vous aviez trop tardé à me venir en » aide ; aussi, comme je vous l'ai dit bien » des fois déjà, je puis dire que c'est de » vous que je tiens la vie. — Tu m'en » récompenses mal, » dit Tiberia, « puis- » que tu ne viens pas à mon secours ; je » ne vais guère mieux que tu n'allais » quand je t'ai tiré d'affaire. — Hélas ! » répondit Sergio, « que Dieu vous en » préserve ! quel mal avez-vous ? et com- » ment puis-je vous venir en aide ? — » D'une façon très efficace, » répliqua la princesse ; « tu peux seul me rendre la

» santé, toi seul peux me sauver, et nul
» autre à ta place. — Plût à Dieu qu'il
» fût en mon pouvoir de vous être
» utile ou agréable! » continua Sergio,
« vous verriez que je ne suis pas ingrat,
» et je n'hésiterais pas à m'exposer pour
» voùs mille fois par jour à la mort;
» parlez, ordonnez seulement; je suis
» prêt, et vos ordres seront exécutés au
» premier signe. »

Tiberia voulut répondre à ces paroles si affectueuses; mais fut-ce la joie, ou la douleur, ou la peur, ou l'espoir, ou l'attendrissement, ou la tristesse? la parole lui manqua et elle demeura immobile comme si elle était de marbre; cependant ses yeux firent pour une bonne part l'office de sa langue; ils versèrent tant de larmes, qu'ils n'en auraient pu verser davantage si elle avait eu dans la tête une source vive. Sergio, tout étonné, pleurant, lui aussi, et se lamentant à force de tendresse et de compassion, la consolait et la rassurait du mieux qu'il savait et qu'il pouvait ; il lui essuyait avec son tablier ses joues décolorées, et ne cessait de la supplier de ne rien craindre et de lui découvrir la cause de ses cruels tourments. Tiberia, voyant les larmes, entendant les charitables conseils de son bien-aimé, rentra en elle-même et surmonta sa tendresse ; retrouvant la parole, elle lui découvrit, lui exposa de son mieux l'amour qu'elle lui portait ; puis elle le pria chaudement d'avoir pitié d'elle, de penser à sa jeunesse et à la triste vie qu'elle menait.

Sergio ne fit pas ce que fit autrefois Hippolyte à sa belle-mère ; au contraire, puisque le ciel et son heureuse fortune lui offraient un si grand bonheur, à lui qui n'avait pas moins de désirs qu'elle, il ne pensa plus à l'honneur de son père, et comme ils étaient seuls et que la chambre était fermée à clef, il ouvrit les bras à Tiberia, la prit tendrement par le cou et baisa doucement sa bouche rose ; elle aussi le serra passionnément sur son cœur et l'embrassa ; et, avant de se détacher, ils se donnèrent l'un à l'autre mille baisers de feu. Quand ils se furent séparés, Sergio se mit à raconter d'un bout à l'autre à Tiberia l'origine de sa maladie, la cause de sa guérison ; à lui dire qu'il était plus amoureux, plus ardent que jamais ; si elle fut contente, elle qui ne pouvait rien entendre qui lui fût plus agréable, je ne vous en dirai rien ; ils s'embrassèrent encore, puis se mirent sur le lit, et avant de le quitter ils se procurèrent l'un à l'autre des délices infinies, et goûtèrent ensemble la suprême et la plus douce jouissance d'amour. Après s'être divertis un bon moment, ils s'entendirent pour se retrouver avec le plus de sécurité et le plus de commodité possible ; Sergio prit alors congé de Tiberia, et, plus gai, plus content que jamais, il alla s'adonner à ses autres divertissements.

Tiberia était si heureuse, elle se sentait tant de joie au cœur, qu'elle craignait fort de s'évanouir, à force de plaisir, quand elle se retrouverait avec son bien-aimé beau-fils ; elle avait fait l'épreuve de la différence qu'il y a entre les assauts d'un jeune homme et ceux d'un vieillard, entre un amant et un mari ; elle en trouvait plus que du blanc au noir, du jour à la nuit, de la réalité au rêve. Elle rajusta le lit, pour que rien ne parût, et vint retrouver ses demoiselles ; puis, le soir arriva, et, quand on eut soupé, chacun se retira.

Currado, de retour de la chasse, alla d'abord, selon son habitude, dormir seul, dans une chambre séparée de celle de sa femme. Elle couchait, elle, dans une autre pièce au-dessus du salon, et quand le prince voulait user des droits du mariage, ce qui était rare, il avait coutume de venir toujours le matin, au point du jour, parce que les médecins lui avaient dit que ça fatiguait moins, que ça faisait moins de mal à cette heure-là qu'à aucune autre ; et si l'on était en hiver, il se mettait un long vêtement de fourrure ; en été, il en portait un d'étoffe de soie très légère ; seul il avait la clef, ce qui le dispensait de frapper; il ouvrait et allait trouver sa femme; puis, l'affaire faite, il revenait à son lit par le même chemin.

Dame Tiberia, déchaussée et déshabillée par ses femmes de chambre, se couchait seule; ses femmes s'en allaient dormir dans une autre pièce, et si elle n'appelait pas le matin, personne n'osait entrer chez elle. Sergio était donc convenu avec elle que, la nuit, quand tout le monde dormirait dans le palais, il viendrait seul et bien doucement à un balcon sur lequel donnait la fenêtre de l'antichambre, qu'il trouverait ouverte ; par là, il descendrait dans l'antichambre et, par la porte, qu'on laisserait également ouverte, il devait venir retrouver la dame dans son lit ; puis, après minuit, il s'en retournerait à sa chambre. Quand tout fut tranquille dans la maison, Sergio crut qu'il était temps ; il sortit tout seul de sa chambre, vint sur le balcon, et comme la fenêtre était un peu haute, il prit une lance ou une pique, je ne sais, dans un tas qui était à terre contre le mur, et il l'appuya au bord de la fenêtre; puis, leste et vigoureux comme il était, il monta à califourchon, passa la lance de l'autre côté, et, avec son secours, il descendit légèrement dans l'antichambre; il s'en alla enfin, par la porte ouverte, trouver la dame qui était au lit et l'attendait avec une impatience extrême.

Avec quelle joie il fut reçu par elle, il ne faut pas le demander; les deux amants restèrent embrassés une bonne partie de la nuit, avec tant de plaisir pour tous les deux qu'on ne saurait en imaginer de plus vif. Quand ils trouvèrent qu'il était temps, Sergio s'en alla; il partit comme il était venu, ferma la fenêtre et remit la lance avec les autres. Ils continuèrent ainsi et se donnèrent, pendant deux mois peut-être, le meilleur temps qu'ils aient jamais eu dans leur vie. Mais la fortune, ennemie du bonheur des hommes, trouble-fête de ce bas-monde, opposée aux désirs des mortels, vint se mettre en travers de leur joie, de sorte qu'après avoir été les plus heureuses créatures de la terre, ils en devinrent bientôt les plus infortunées.

Une fois, entre autres, que Sergio et Tiberia étaient ensemble depuis si peu de temps qu'ils n'avaient pas encore pu achever leur première danse d'amour, il arriva que, contrairement à son habitude constante, Currado, je ne sais pourquoi, se leva et vint pour prendre avec sa femme son plaisir accoutumé, cinq ou six heures au moins avant l'heure ordinaire. Arrivé à la porte, il prit sa clef pour ouvrir; mais il n'en vint pas à bout et ne put jamais la faire tourner, parce que Tiberia ne manquait pas, chaque fois qu'elle avait son amant, de mettre un verrou. Alors Currado ébranla la porte et la secoua tant qu'il put ; il fut entendu de sa femme et de son fils qui étaient sur le point de goûter la suprême jouissance, si ardemment désirée d'eux, et qui eurent grand'peur ; comme Currado ne cessait de frapper à la porte, ils sautèrent à bas du lit et Sergio s'en alla bien vite par son chemin accoutumé, après avoir tout arrangé et remis en place comme avant son arrivée.

Quand Tiberia le vit hors de la chambre, et qu'elle eut fermé la porte, elle fit mine de s'éveiller à l'instant même, et dit à haute voix : « Qui est là ? » Currado, déjà disposé à quelques soupçons, lui répondit : — « Ouvre, c'est moi. » En entendant cette voix, la dame courut ouvrir et dit : — « Que mon seigneur soit » le bienvenu ! » Currado lui dit à son tour : — « Pourquoi as-tu mis le verrou » hier soir ? » (il l'avait entendu tirer) « ce n'est cependant pas ton habitude. » Tiberia trouva quelque mauvaise excuse qui augmenta les soupçons de son mari ; puis elle alla bien vite se recoucher et attendit qu'il vînt la rejoindre; mais, en parcourant la chambre des yeux, il vit par malheur sur un coffre, au pied du lit, (car il y avait toujours, selon l'usage, une torche de cire blanche allumée) un bonnet à la mode Grecque, en drap rouge, avec un cordon d'or tout autour, qu'il reconnut, sans hésitation possible, pour appartenir à son fils, et que celui-ci avait oublié cette nuit-là même, tant il s'était hâté.

Currado changea de visage à cette découverte, se demandant ce que cela voulait dire; mais, en homme sage qu'il était, il résolut de s'assurer de ce qui se passait, pour en tirer ensuite une terrible vengeance; il ne voulut pas faire de bruit pour le moment, et, comme s'il n'avait rien vu, il se mit à côté de sa femme; il la toucha adroitement de tous les côtés, et il sentit que son cœur battait fortement sous son sein gauche. Dès lors il acquit presque une certitude; à force de rage et de colère, il ne tenait pas dans sa peau; cependant, pour ne donner lieu à Tiberia de rien soupçonner, il chercha à dissimuler et fit des efforts pour la caresser, comme à son ordinaire. Mais, avec tout cela, il avait un ver qui le rongeait, et il resta presque jusqu'au jour sans pouvoir consommer le sacrifice. Décidé alors à s'en aller, il dit : « Femme, ne t'étonne pas si je n'ai pu » satisfaire ni tes désirs, ni les miens ; je » me sens souffrant, et je suis venu en » dehors de mon heure habituelle, pour » voir si je pourrais me débarrasser de » certaine douleur d'estomac qui m'en» nuie ; mais elle n'est pas passée ; reste » tranquille, je m'en retourne dans ma » chambre. »

Cela dit, il s'en alla. Tiberia pensait qu'il ne s'était aperçu de rien ; il était vieux et maladif, elle crut ce qu'il lui lui avait dit et s'arrangea pour dormir. Le matin, elle se leva fort tard, et fut désolée quand elle vit le bonnet ; cependant, elle pensa que son mari ne l'avait pas aperçu, et, après l'avoir caché, elle appela ses demoiselles dans sa chambre.

Le prince, ivre de rage, de haine et de jalousie, ne put s'endormir quand il fut revenu dans son lit ; il ne cessait de penser au déshonneur, à l'outrage que lui infligeaient sa femme et son fils, et il se disait en se rappelant le passé : « Je sais » maintenant ce que signifiaient tout cet » amour, toute cette bonne volonté, cette » douceur et ces caresses. Je n'aurais » jamais pu me l'imaginer : et qui croirait » qu'un fils ose faire à son père un affront » tel que me le fait mon fils ? Et mon in- » fidèle épouse méprise à ce point ma » bonté, l'affection, l'amour que je lui » ai portés ; amour plus grand que n'en a » jamais eu un père pour son fils, un mari » pour sa femme ! Je ne méritais pas » cela de leur part ; mais puisqu'ils l'ont » voulu, je les châtierai de si belle façon » qu'ils serviront à jamais d'exemple » effrayant pour les adultères présents et » à venir. » Et il pensait toujours au meilleur moyen de les prendre ensemble, en ne cessant de leur faire bon visage. Il se leva en s'efforçant d'être gai; quand l'heure fut venue, il se mit à dîner avec eux, riant et plaisantant à son ordinaire, ce qui fit un plaisir extrême à sa femme et à son fils, qui crurent qu'il n'avait aucun soupçon.

Après dîner, Sergio s'en alla donc, comme il en avait l'habitude, passer le temps dans la chambre de sa belle-mère, et s'entretenir avec elle; quand ils furent seuls, ils causèrent de la nuit passée. Tiberia rendit au jeune homme, qui ne s'était encore aperçu de rien, le bonnet qu'il avait oublié dans son empressement à fuir, et Sergio, bien étonné, remercia Dieu de ce que son père n'avait rien vu. La nuit venue, Currado, qui avait réfléchi au moyen de prendre les coupables, fit seul le guet jusqu'au jour devant la chambre de son fils; il ne vit ni n'entendit rien, puisque Sergio n'avait pas voulu cette fois, peut-être à cause de la peur qu'il avait eue, aller retrouver la dame.

Mais la nuit suivante, à l'heure ordinaire, il sortit de sa chambre de la même façon et alla retrouver sa bien-aimée, croyant n'être vu de personne. Currado, qui était à son poste, vit tout; il en fut irrité et furieux, et, pour commencer à mettre à exécution le cruel projet qu'il avait formé, il alla vite trouver le portier; il se fit ouvrir, et il n'avait pas fait cent pas qu'il arriva à la maison du bargello, qu'il fit appeler, lui ordonnant de s'armer lestement, de prendre la plus grande partie de ses hommes avec le bourreau, et de le suivre. Le bargello s'empressa d'obéir et donna ses ordres avec le moins de bruit qu'il put. Lorsqu'on fut arrivé sur le balcon, on plaça contre la fenêtre de l'antichambre de la princesse une échelle que Currado avait fait emporter; le prince monta le premier, le capitaine ensuite, puis toute la canaille, l'un suivant l'autre; on entra et on pénétra avec des lumières et des torches allumées dans la chambre de la dame, où les deux amants dormaient dans les bras l'un de l'autre. Le vieillard, furieux, arriva au lit avec son monde avant qu'ils eussent rien entendu ; Currado tira la couverture, les accabla de menaces et leur dit d'une voix hautaine : « Voilà donc le respect que » vous avez pour moi, toi mon fils et » toi ma femme ? Soyez sûrs que vous en » porterez bientôt la peine. »

Ce que devinrent les pauvres jeunes gens, vous pouvez vous le figurer. Ils furent si étonnés, ils eurent une telle peur, un tel chagrin, qu'ils demeurèrent tristes et sans courage ; on les aurait crus de bois, ils ne respiraient plus. Le prince, continuant à parler, dit aux archers du bargello : « Liez à l'instant les pieds et les » mains de ces traitres. » Il fut aussitôt obéi. Puis, il appela le bourreau et, à Sergio d'abord qui demandait humblement grâce, qui implorait pitié, il fit en présence de la dame arracher les yeux et couper la langue avec des tenailles ; ensuite, Sergio toujours criant, il lui fit trancher les pieds et les mains. Tiberia éprouva une si vive douleur en voyant mutiler ainsi son cher amant, que son âme, forcée d'abandonner ses sens, cessa d'animer son corps et alla errer avec les esprits. Currado, devenu fou à force de rage, voulait lui faire subir le même traitement qu'à Sergio; mais, quand il la vit évanouie, pour la faire souffrir davantage, il la fit tant frotter avec du vinaigre rose et de l'eau froide et malfaisante qu'elle revint à elle. Dès qu'il la vit respirer, pour qu'elle n'eût même pas le plaisir de se plaindre, il ordonna qu'elle fût traitée comme son fils; puis, il les fit mettre tous deux dans ce triste lit où il les avait surpris, et il leur dit : « C'est là » que vous avez vécu dans la joie et dans » le plaisir en me couvrant de honte, en » m'accablant d'outrages; je veux, pour » ma vengeance, que vous mouriez, là » aussi, misérablement, dans le chagrin » et dans la souffrance. »

Cela dit, il fit sortir de la chambre les

sbires et le bargello, ferma la porte, les congédia, et se mit à se promener dans la salle, tellement endurci dans sa cruauté qu'il avait à peine conscience d'être un homme. Le bargello et son monde, bien qu'inhumains, avaient vu avec peine la mort cruelle des deux jeunes gens et blâmaient la justice trop sévère de Currado. Les pauvres malheureux amants, sans langue, sans yeux, sans pieds et sans mains, perdant leur sang par sept plaies différentes, étaient presque à bout de vie. Cependant, quand ils entendirent Currado prononcer ses dernières paroles, la chambre se vider et la porte se fermer, ils se retrouvèrent au toucher; ils s'embrassèrent avec leurs moignons sanglants, et leurs bouches unies, se pressant de leur mieux l'un contre l'autre, ils attendirent la mort en souffrant.

Jugez, dames compatissantes, si jamais vous avez lu ou entendu raconter chose plus cruelle, plus terrible, plus inhumaine que celle-ci! Où jamais a-t-on frappé les plus grands scélérats du monde d'une peine si dure, d'une souffrance si épouvantable, d'un supplice si barbare ? Dans quelle partie de l'univers deux traîtres ou deux assassins de grand chemin ont-ils jamais été mis à mort avec plus de torture, avec une agonie plus longue, un martyre plus douloureux que ces deux infortunés ? Comment la terre ne s'est-elle pas ouverte, comment les étoiles ne sont-elles pas tombées, comment le ciel ne s'est-il pas écroulé à ce spectacle terrible, impie et scélérat ? Quel Maure, quel Turc, quel Lestrigon, quelle Furie de l'enfer, quel Démon aurait jamais imaginé, je ne dis pas fait infliger, un supplice si cruel et si effroyable ? Ah ! pauvres amants ! amants infortunés ! il ne vous fut même pas donné, dans vos derniers instants, de pouvoir vous plaindre, de gémir en expirant, ni de vous consoler, de vous réconforter l'un l'autre ; on vous enleva le moyen de vous voir, cette dernière consolation de ceux qui meurent, en vous laissant ensemble. Ah! les plus malheureux des amants! sa rage inouïe n'a pu se satisfaire qu'en versant du sang et encore du sang! Qu'au moins la compatissante Vénus accueille vos âmes, et qu'elle vous fasse la grâce d'être toujours réunis, comme le mérite votre fervent amour!

L'aube était venue et tout le monde s'était levé dans le palais; on avaït appris l'horrible événement, on pleurait à chaudes larmes, on se plaignait du Seigneur; entre autres la nourrice de Sergio (un des témoins du supplice, que Currado avait chassés hors de la chambre) s'en était allée sur la place criant et pleurant, montrant un tel chagrin que beaucoup de gens crurent qu'il était arrivé mal à leur Seigneur. Mais la vérité se répandit petit à petit dans la ville; tout le monde en éprouva tant de chagrin que personne ne pouvait retenir ses larmes; chacun blâmait Currado et disait du mal de lui; enfin, un grand nombre des citoyens les plus importants et les plus nobles de la cité allèrent au palais, pour voir de leurs yeux l'affreux spectacle ; ils montèrent l'escalier pour entrer dans la chambre, mais le prince les en empêcha. Ils devinrent bientôt si nombreux qu'ils forcèrent le passage, et, une fois entrés, ils virent les deux amants noyés dans leur sang ; la dame était morte, le jeune homme n'avait plus qu'un souffle de vie ; ils furent effrayés, épouvantés de cette barbarie atroce et incomparable, et ils dirent que Currado avait bien mérité la mort. Ils sortirent ; en moins d'une heure, tout le pays se joignit à eux, et chacun éprouvait un si vif chagrin que le peuple se souleva au cri de : « Tue, tue, le tyran, le cruel ! » et deux mille hommes environ se rendirent au palais. Currado, pressentant son sort, se repentait trop tard de sa fureur ; il s'était caché dans un trou à mettre le grain, on le saisit ; on lui dit qu'il ne méritait plus le pouvoir suprême, qu'il n'était plus digne de régner ; aussitôt, comme si la foule était poussée par la justice divine, on le mena sur la place en lui déchirant le visage à coups d'ongles, en lui arrachant la barbe; on le lia à un poteau et le peuple le lapida à coups de pierres; on lui en jeta tant que non seulement il fut vite tué, mais que même on l'arrangea ou le broya de telle sorte que jamais on n'aurait pu reconnaître en lui forme humaine; hommes et femmes, enfants et vieillards ne se rassasiaient pas de l'accabler; de telle sorte qu'il fut comme enseveli sous les pierres.

On se rendit ensuite au palais; on enterra les deux malheureux amants selon l'usage d'alors, et, le jour suivant, les premiers citoyens et les plus âgés, s'étant réunis dans le palais et n'ayant trouvé personne à qui remettre le pouvoir, puisque Currado n'avait pas laissé d'héritier, firent sagement de constituer la république, qui dura jusqu'à ce qu'elle eût été détruite par les Romains.

SIXIÈME NOUVELLE

LE SCHEGGIA ET LE PILUCCA, avec deux de leurs compagnons, jouent un tour à Guasparri del Calandra, qui manque en mourir; puis ils lui enlèvent un rubis du doigt par un moyen fort ingénieux; Guasparri le rachète et ils font ripaille avec l'argent.

Si les dames et les jeunes gens avaient ri en entendant quelques-unes des Nouvelles racontées, l'histoire de Siringa leur avait fait verser des larmes, les avait tant fait pleurer qu'ils ne pouvaient plus s'arrêter; c'est qu'ils étaient désolés du sort des deux malheureux amants, s'étonnant et s'affligeant du supplice inouï et barbare inventé par ce vieux scélérat de mari. Ils éprouvaient cependant quelque consolation à savoir la peine que lui avaient fait subir avec raison ses propres sujets.

Fileno, tout attendri, s'essuya les yeux et parla en ces termes : « La Nouvelle qui vient » de vous être contée, et le souci de notre » plaisir, m'obligent, aimables dames, à » laisser de côté une histoire que je me » proposais de vous narrer, et à vous en dire » une autre qui réjouira et charmera davan- » tage la compagnie, absorbée maintenant » dans sa douleur et dans sa pitié ; le Pilucca, » le Scheggia et leurs compagnons y jouent » un rôle important. » Puis il continua :

Il y avait autrefois à Florence un bon homme nommé Guasparri del Calandra, qui était batteur d'or ; c'était un fort bon maître en ce métier, mais, pour le reste, il était bonasse et avait l'esprit lourd. Étant devenu riche, grâce à sa femme qui recueillit l'héritage de son frère, deux bonnes fermes dans le pays de Prato et deux maisons à Florence, il abandonna sa boutique et ne pensa plus qu'à prendre du plaisir et à se donner du bon temps ; il n'avait qu'un fils de cinq ou six ans, et sa femme était à l'âge où on n'en fait plus. Aussi lia-t-il une étroite amitié avec le Scheggia, et, par conséquent, le Pilucca, le Monaco et Zoroastro; leur conversation lui plaisait, car c'étaient, comme vous le savez, de gais compagnons, des gens qui menaient joyeuse vie. Il se trouvait donc souvent à souper avec eux dans la demeure du Pilucca, qui habitait la Via della Scala, où il avait un très beau jardin dans lequel on mangeait au frais, les soirs d'été, sous un berceau vert et touffu. Et, comme ce Guasparri faisait profession de se connaître en vins et de savoir distinguer les bons, on l'avait, du consentement général, choisi, avec beaucoup d'éloges et de flatteries, pour prendre soin de la cave. Guasparri trouvait qu'on lui avait fait là un grand honneur, et pour ne pas se montrer ingrat, pour justifier la confiance qu'on avait en lui et la supériorité qu'on lui reconnaissait, il voulait que tout le vin qui se buvait entre eux et qu'il choisissait fût payé par lui et restât à son compte; il visitait à toute heure tous les cabarets de Florence pour en trouver de bon ; et, pour faire plaisir à ses compagnons, il leur en apportait toujours de deux ou trois sortes. Le reste de la victuaille se payait en commun ; le Scheggia, qui faisait l'office de pourvoyeur, tenait des comptes fort exacts ; les bons camarades ne pensaient qu'à siroter, comme de vrais ivrognes, et ils élevaient aux nues Guasparri. Zoroastro disait qu'il ne connaissait personne qui eût le goût plus fin que lui ; le Pilucca enchérissait en affirmant qu'il descendait de la famille de Bacchus : si bien que le dit Guasparri se croyait vraiment un personnage d'importance.

On bavardait toujours après souper, et on tenait les conversations les plus étranges et les plus extraordinaires du monde; pendant toute la moitié de la nuit, il n'était jamais question que de sorcières et d'enchantements, d'esprits et de morts. Guasparri, qui avait grand peur de tout cela, faisait mine de ne pas s'en soucier; il se montrait vaillant, audacieux, et disait entre autres choses que les morts ont bien assez à faire de vivre dans l'autre monde, sans venir faire peur ou faire mal aux yeux de ce monde-ci. Les autres s'apercevaient bien de ce qui se passait dans son esprit : ils s'en égayèrent et y prirent un plaisir infini.

On en était là, se retrouvant chaque soir ensemble (c'était l'été) au jardin du Pilucca, et Guasparri fournissait le vin, comme à l'ordinaire. Il rencontra un jour un de ses parents, qui, jaloux du plaisir et de la satisfaction d'autrui, se mit à lui reprocher de trop dépenser, de jeter son argent par les fenêtres; il lui dit qu'on se moquait de lui, que le Scheggia, le Pilucca et les autres, publiaient sa sottise dans tout Florence et qu'on se riait de sa simplicité; que chacun le montrait au doigt comme un sot et un niais. Guasparri crut que c'était vrai; il résolut de quitter pour quelques jours sa société ordinaire, et s'en alla, sans rien dire à personne, à la campagne où était sa famille, c'est-à-dire sa femme, son fils et une servante.

Ses compagnons, très fâchés de ne plus le voir, le cherchèrent tant qu'ils purent, surtout le Scheggia et Zoroastro; mais, ayant appris au bout de six ou huit jours qu'il avait été à la campagne, ils furent fort étonnés qu'il ne leur en eût rien dit, et ils craignirent tous de ne plus se retrouver ensemble chaque soir, selon leur usage, à faire bonne chère et pas mal de tapage.

Cependant, Guasparri, qui s'ennuyait à la campagne, revint à Florence; dès que le Pilucca le vit, il lui fit fête et l'invita tout de suite pour le soir, en lui disant : « Oh! que tu as bien fait de reve-
» nir! Depuis que tu es parti d'ici, je
» n'ai jamais bu de vin qui m'ait plu! »
Mais Guasparri lui répondit qu'il ne pouvait pas venir; alors le Pilucca lui demanda pourquoi; et comme notre homme ne savait que dire, et ne trouvait pas

d'excuse valable, il finit par être sollicité avec tant d'instance, qu'il répondit, en homme qui mourait d'envie de retourner avec ses amis, qu'il irait volontiers, mais qu'il ne voulait plus s'occuper du vin, ni le fournir gratis; et il raconta au Pilucca tout ce que son parent lui avait dit.

En entendant cette confidence, le Pilucca fit semblant de rire; mais il fut, au fond, très mécontent; pour n'avoir l'air de rien, il dit à Guasparri de venir le soir de toute façon, qu'il ne paierait, comme les autres, que son écot; mais il comptait bien lui faire reprendre peu à peu ses anciennes habitudes.

Le soir venu, le Pilucca se retrouva avec ses anciens compagnons, et leur raconta l'affaire, qui ne leur plut guère; cependant ils reçurent Guasparri avec de grandes démonstrations de joie; ils lui firent bonne mine, l'accablèrent de caresses et de cajoleries, et ils continuèrent ainsi pendant je ne sais combien de soirées. A la fin, quand ils virent que Guasparri ne leur rapportait plus rien, malgré les ouvertures qu'ils lui avaient faites, soit tous ensemble, soit chacun en particulier, un grand nombre de fois et de toutes les façons, il sembla à Zoroastro qu'il fallait s'en debarrasser ; il n'était pas convenable, disait-il, que cet homme les traitât de pair à compagnon. Tous furent du même avis et décidèrent qu'il fallait lui jouer quelque tour, de façon qu'il prît congé de lui-même, et trouver un moyen de l'échauder ferme et de lui soutirer ou de l'argent, ou quelque autre chose. Comme on savait la peur effroyable qu'il avait des esprits et particulièrement des morts, on tabla la-dessus ; on se mit d'accord sur ce qu'il convenait de faire, et on eut recours en secret à quelques amis du Scheggia et de Zoroastro, qui avaient pris intérêt à l'affaire,

Guasparri avait sa demeure au Borgo Stella, de sorte que chaque fois qu'il se trouvait le soir avec ses compagnons, il lui fallait traverser le pont de la Carraja.

Il n'y avait jamais personne chez lui que lui-même la nuit, quand il y venait dormir ; il dînait tous les matins à l'auberge, chez des parents ou chez des amis. Auprès de lui, demeurait par hasard un certain Meino, tisseur de drap, grand ami du Scheggia ; on pouvait facilement, par sa maison, entrer dans celle de Guasparri ; le Scheggia lui en avait tant dit, l'avait tant prié, que Meino avait consenti à faire tout ce qu'il voudrait.

Sur ces entrefaites était venu le jour qui précédait la nuit où l'on devait faire une bonne farce à Guasparri ; tout était préparé et bien disposé. Le Scheggia et Zoroastro se trouvèrent le soir avec leurs compagnons, comme d'ordinaire ; on soupa à frais communs ; mais après cela le Pilucca, de concert avec Zoroastro, se mit avec une insistance extrême sur le chapitre des esprits ; ils en dirent tant sur les sorcières, sur les morts, sur les fantômes et les diables, que Guasparri éprouva une grande appréhension d'avoir à s'en aller seul chez lui; s'il n'avait craint de se montrer timide et peureux, il aurait prié quelqu'un de la société de l'accompagner et de rester coucher dans sa maison ; il fut même tenté de ne pas s'en aller et de dormir là où il était.

Quand l'heure fixée fut venue, Zoroastro, pour faire partir Guasparri, fit venir un jeu de tarots que ce dernier détestait comme la peste; Guasparri fut donc forcé de s'en aller; il était minuit. Mais il n'eut pas plus tôt mis le pied dehors, que le Scheggia, sorti à pas de loup derrière lui, le vit s'en aller droit à Santa Maria Novella, d'où il devait tourner par la Via de' Rossi, passer le pont de la Carraja et prendre la Via Nuova ; il se mit à courir et il arriva par le Borgo Ognissanti au pont de la Carraja, lorsque Guasparri n'était pas encore à moitié chemin ; il y trouva ses compagnons qui l'attendaient, leur donna les instructions convenables et se cacha derrière la petite église de Sant'Antonio, sur le bord de l'Arno, près de Santa Trinita.

On était alors au mois de Septembre, et il faisait heureusement noir comme dans un four; les deux affidés du Scheggia étaient venus, selon le plan tracé et adopté par lui et par Zoroastro, comme vous le savez, au milieu du pont de la Carraja, sur les premières piles; ils avaient chacun à la main une demi-pique, en haut de laquelle était un petit morceau de bois, de façon à figurer une croix à laquelle étaient attachés deux draps immenses et d'une blancheur immaculée, convenablement plissés. Tout en haut de la croix, il y avait un masque, le plus hideux qui se pût imaginer; en guise d'yeux, on voyait deux lumières artificielles et une autre à la place de la bouche; tout cela brillait et jetait une flamme verdâtre horrible à voir, qui éclairait de grosses vilaines dents rares et longues, avec un nez écrasé, un menton pointu et une chevelure noire et hérissée capable de faire peur non pas seulement à

Caio et à Bevilacqua (1), mais à Rodomont et au comte Roland; ils se tenaient ainsi déguisés, tous deux au guet, l'un d'un côté, l'autre de l'autre, sur les piles qui aboutissent à l'Arno, tout près du bord du fleuve; on appelait *cuccobeoni* les gens qui prenaient ainsi l'apparence d'animaux fantastiques.

Guasparri, tout préoccupé de diableries et de sorcelleries, et fort craintif, cheminait lentement; il finit par arriver à la culée du pont. Aussitôt que le Scheggia le vit paraître, il donna le signal avec un sifflet dont le son était sourd, et les deux hommes apostés, dressant leurs bâtons et se cachant sous les draps qui pendaient, le levèrent lentement, lentement. Quand Guasparri, qui traversait le pont, vit, en jetant les yeux autour de lui, cet objet hideux et effrayant qui s'élevait peu à peu, il fut pris d'une si belle peur que ses forces l'abandonnèrent à l'instant même;

(1) C'étaient deux spadassins du temps.

cependant il cria très fort : « Christ, ve-
» nez à mon aide ! » et il demeura presque immobile. Enfin les deux spectres avaient grandi, autant qu'ils pouvaient grandir ; ils étaient de chaque côté du pont, qui se trouvait entre eux deux, de sorte que Guasparri crut qu'ils sortaient de l'Arno ; ils lui paraissaient plus hauts que des clochers ; étonné et effrayé au delà de toute mesure, il croyait qu'il avait bien certainement sous les yeux les trente mille paires de diables, et il lui semblait qu'ils s'approchaient de lui peu à peu ; tremblant de peur d'être englouti par eux, il cria une seconde fois : « Christ, venez
» à mon aide ! » et il se mit à fuir par le chemin qu'il avait déjà suivi, sans se retourner une seule fois jusqu'à ce qu'il fût arrivé à la maison du Pilucca. Il frappa à tours de bras et fit tant qu'on lui ouvrit ; on se doutait bien de ce que c'était et on l'attendait pour lui faire fête. Arrivé auprès de ses amis, il ne pouvait ni respirer ni prononcer un mot, tant il

avait peur, tant il était étouffé d'avoir couru, et il se laissa choir sur un banc, haletant et n'en pouvant plus.

Le Scheggia, qui avait tout vu, alla, plein de joie, trouver les deux spectres dès que Guasparri se fut sauvé, et les envoya tout de suite à la maison de Meino pour continuer leur œuvre; quant à lui, il s'en revint d'un bon pas à la demeure du Pilucca, où Guasparri, ayant repris haleine et s'étant un peu rassuré, était allé sur la terrasse raconter à Zoroastro et aux autres les choses extraordinaires qu'il avait vues; il leur disait les plus grandes sottises, les plus grandes folies qu'on eût jamais entendues. On se moquait de lui, on le raillait, et on le faisait enrager, quand le Scheggia, faisant semblant de sortir d'une chambre voisine comme s'il venait de s'y reposer, se mit, lui aussi, à rire des propos de Guasparri; en sorte que, le ciel le voulût-il ou non, tous disaient que Guasparri les prenait pour des sots et qu'il voulait les faire courir.

Celui-ci, toujours tremblant, jurait et affirmait que c'était bien vrai, et les priait de venir voir; si bien qu'ils se mirent en route avec lui, ne cessant de répéter ou que Guasparri avait la berlue, ou qu'il les prenait pour des gens comme Calandrino ou comme le charpentier Grasso (1). On arriva enfin au pont de la Carraja; on eut beau regarder et s'écarquiller les yeux, on ne vit rien du tout. Cela paraissait impossible à Guasparri; il montrait l'endroit, disant comment les spectres étaient sortis de l'Arno; il expliquait qu'ils s'élevaient au-dessus des bords du fleuve d'au moins cent coudées, qu'ils étaient tous deux blancs comme la neige, qu'il avaient seulement les yeux et le vi-

(1) Calandrino fut un sot de premier ordre que Boccace a rendu célèbre en racontant une foule de ses sottises; le charpentier Grasso était si simple, qu'on lui fit croire qu'il était devenu un autre homme.

sage couleur de feu; ils étaient, disait-il, mille fois plus laids et plus terribles que le loup-garou, la Tregenda ou la Versiera. Zoroastro lui dit presque des injures, lui reprochant de continuer à se moquer d'eux, et ajoutant qu'on ne se conduit pas de la sorte avec des amis; les autres aussi firent mine d'être en colère, et ils s'en allèrent pour achever leur partie de tarots, ne cessant de se moquer de Guasparri qui, disaient-ils, avait trop bu.

Notre homme, étant au milieu du pont, vit arriver la garde, car la lune s'était levée; elle venait du Borgo San Friano et continuait son chemin par le Fondaccio; il quitta volontiers ses compagnons et vint presque en courant vers le chef des archers, pour cheminer à portée de la garde et en sécurité; mais cela le fit suspecter, on l'arrêta et on le fouilla; cependant, comme on ne lui trouva pas d'armes, il fut laissé libre. Guasparri, déjà près de sa maison, marchait tout en se demandant s'il était prudent de coucher seul; il fut bien tenté d'aller de l'autre côté de l'Arno, passer la nuit chez un de ses parents, mais trouvant qu'il était tard, il alla chez lui, prit sa clef, ouvrit sa porte et entra. Il avait l'habitude, dans cette saison, de dormir dans une chambre du rez-de-chaussée qui donnait sur la terrasse. Par ordre de Zoroastro et du Scheggia, Meino, avec un ami, avait entièrement tapissé cette chambre de noir, au moyen d'étoffes empruntées à la compagnie dell'Osso, qui s'en sert pendant la semaine sainte et le jour des morts, et sur lesquels étaient peints des croix, des os et des têtes de morts; à une corniche qui faisait le tour de la chambre, ils avaient suspendu plus de mille petits cierges de cire blanche, tous allumés, qui répandaient une très vive lumière; au milieu de la pièce, sur un tapis, était étendu un homme, habillé d'un vêtement blanc de pénitent, dont les pieds et les mains étaient arrangés comme ceux d'un mort; tout autour, il y avait une quantité de fleurs et de feuilles d'oranger ; à la tète du corps étaient un crucifix et deux cierges bénits allumés, afin qu'on pût le reconnaître. Après avoir arrangé la chambre comme vous l'avez entendu, ils l'avaient refermée sans laisser trace de leur passage.

Quand Guasparri fut entré, il se dirigea, comme d'ordinaire, dans l'obscurité, vers sa chambre, pour se mettre dans son lit qu'une voisine lui faisait après cela dans la journée : mais dès qu'il eut tourné le bouton et ouvert la porte, il vit tout à coup l'éclat des lumières, l'appareil des ossements et le mort étendu à terre ; il en éprouva tant de frayeur et d'étonnement, il fut pris d'une terreur si vive, si violente, qu'il tomba à genoux sur le seuil, abasourdi, sans pouvoir, que le chagrin ou la peur en fût cause, articuler un seul mot. A la fin, soit que la nécessité lui eût inspiré du courage ou que le désespoir s'en mêlât, il se releva, tira à lui la porte de la chambre, et, craignant peut-être que le mort ne lui courût après, il sortit vite de la maison, les jambes à son cou. Dans sa précipitatiou, il ne pensa pas à fermer la porte de la rue. Il se mit à courir à n'en plus pouvoir, n'ayant dans la tête que morts, esprits, diables, fantômes et sorcières ; il lui semblait qu'il s'écoulait mille ans, tant il avait hâte de retrouver ses compagnons ; si bien qu'en passant le pont de la Carraja, il ne s'aperçut même pas de la présence des deux *cuccobeoni* qui lui avaient auparavant inspiré tant de terreur et d'effroi.

Meino et ses amis, qui étaient aux aguets, aussitôt Guasparri sorti, éteignirent bien vite, comme cela avait été convenu, toutes les lumières ; ils détachèrent et enlevèrent les draperies, le tapis, le crucifix, les cierges et le reste, emballèrent le tout, l'emportèrent et remirent chaque chose en place ; puis ils arrangèrent la chambre comme elle était auparavant, ni plus ni moins, la fermèrent et s'en allèrent à la maison de Meino. Comme Guasparri avait laissé la porte ouverte, quelqu'un resta, sans faire semblant de rien, à monter la garde pour qu'on ne le volât pas, quoiqu'il fût plus d'une heure et qu'il n'y eût plus personne dehors.

Pendant ce temps, Guasparri était arrivé à la maison du Pilucca, et, tout en frappant à la porte, il ne cessait de crier ; les camarades qui l'attendaient coururent en hâte et tout joyeux pour lui ouvrir ; dès qu'il entendit la voix de Guasparri, le Pilucca commença par lui dire : « Que » signifient toutes ces sottises, Guas- » parri ? » Notre homme répondit criant : — « Hélas, Pilucca, et vous autres, mes » frères, miséricorde ! à l'aide ! ma mai- » son est pleine d'esprits et de morts, je » crois que tout le purgatoire et tout » l'enfer s'y sont donné rendez-vous ; » et il leur raconta ce qu'il avait vu. Zoroastro et ses compagnons, en ayant l'air de ne pas le croire et en disant qu'il voulait encore se moquer d'eux, lui faisaient renier la foi ; quoiqu'il racontât des choses étonnantes, il affirmait, il jurait qu'il disait la vérité ; il les priait de vouloir bien, de grâce et pour l'amour de Dieu, venir avec lui, pour s'éclaircir du fait d'abord et ensuite pour le conseiller, lui porter aide, dans un si grand embarras et dans des circonstances si critiques. Et tout en disant cela, il tremblait de tous ses membres ; alors Zoroastro lui dit : — « Mon cher Guasparri, tu sais si » bien jouer la comédie que, sans aucun » doute, si nous n'avions été déjà trom» pés et bernés par toi, nous te croi» rions ; mais tu peux faire et dire tout » ce que tu voudras, nous n'en sommes » plus là et tu ne te moqueras plus de » nous une autre fois. » Guasparri jurait par le corps et par le sang de Notre Seigneur qu'il ne se moquait de personne, qu'il parlait avec autant de bon sens qu'il en avait ; il était au désespoir et voulait qu'on lui arrachât les yeux de la tête, s'il ne disait la vérité.

Zoroastro lui répondit en ces termes : — « Si tu as vraiment, comme tu le » témoignes, le désir que nous allions » avec toi et que nous voyions, il ne nous » servirait à rien de t'arracher les yeux ; » mais donne-moi en gage ce rubis que » tu as au doigt : si tu nous as dit vrai, » s'il y a dans ta chambre des morts, » des lumières et tout ce que tu nous as » rapporté, je te le rendrai de bonne » grâce ; mais s'il n'y a rien, comme au » pont de la Carraja, et comme je le » crois, je veux qu'il soit bien entendu » que le rubis est à nous ; en revanche, » tes yeux, qui sont pour toi chose très » précieuse, te resteront ; il ne faut pas » les risquer pour si peu. » Guasparri, ne se sentant pas de joie, répliqua aussitôt : — « Je ne demande pas mieux ; » il donna sa bague, qui lui venait de son héritage et sur laquelle on pouvait, du matin au soir, trouver vingt-cinq ou trente ducats d'or. Tout le monde étant ainsi d'accord, le Pilucca, le Scheggia, le Monaco et Zoroastro se mirent en route et firent tant qu'ils arrivèrent au Borgo Stella; aussitôt, le Scheggia, voyant la porte ouverte, dit : — « J'ai peur qu'on » te n'ait vidé ta maison. — Hélas! » répondit Guasparri, « je n'ai pas pensé à » fermer, tant j'ai eu peur et tant je me » suis pressé. » Alors, il craignit d'aller de l'avant et dit au Pilucca : « Entre, » toi. » Comme il faisait nuit, le Monaco, qui avait une lanterne allumée, se mit en tête et dit : — « Venez. » Guasparri, tremblant et presque hors de lui, était resté derrière tout le monde, comme quelqu'un qui sait ce qu'il a à redouter. Quand on fut arrivé à la porte de la chambre, Monaco fit mine de rester sur la réserve ; alors Zoroastro, se mettant en avant, tourna le bouton, ouvrit vivement et vit la chambre rangée comme à l'ordinaire; de quoi il se mit à rire de toutes ses forces, disant : — « Regarde, » Guasparri, l'anneau est à nous ; où sont

» les lumières, les morts, les diables et
» les esprits dont tu nous parlais? Je
» m'attendais à voir la bouche de
» l'enfer! »

Si jamais homme demeura pendant un certain temps étonné et stupéfait après un événement extraordinaire, ce fut Guasparri. Il ne savait pas bien dans quel monde il était, s'il avait vu réellement les choses qu'il avait vues, s'il lui avait semblé les voir, ou s'il avait rêvé; tout abasourdi et hors de lui, il regarda la chambre, vit que chaque chose était à sa place, et n'osa plus ni prononcer un mot, ni répondre à ceux qui lui disaient : — « Nous avions bien raison
» de penser que tu te moquais de nous,
» et que tu voulais nous jouer encore
» un de tes tours pour t'en vanter de-
» main et nous rendre la fable de tout
» Florence; mais, par la foi de Dieu!
» c'est toi qui en seras la dupe, si cet
» anneau n'est pas faux par dessus le
» marché. » Ils le poursuivaient ainsi de

leurs plaintes et de leurs reproches, ne cessant de le réprimander, de le gronder; si bien que le pauvre homme les supplia de se taire et leur offrit de leur racheter le rubis pour vint-cinq ducats, afin que l'aventure ne s'ébruitât pas dans la ville. Cela plut entièrement à nos drôles; et comme Guasparri avait peur de rester seul, le Scheggia lui tint compagnie. Le Monaco rentra dans sa maison, ainsi que Zoroastro avec le Pilucca.

Le malheureux Guasparri ne put fermer l'œil de la nuit; il lui semblait toujours voir ce qu'il avait vu; et, en y réfléchissant, il ne pouvait trouver de repos. Enfin le jour arriva, et il se leva sans avoir dormi un instant; il en était de même du Scheggia, qui s'en alla à la demeure du Pilucca. Guasparri s'occupa de se procurer l'argent nécessaire pour racheter son anneau, afin que l'affaire demeurât secrète. Cela fait, et son rubis lui ayant été rendu par Zoroastro, il s'en alla à la campagne, auprès de sa femme, pour voir s'il pourrait se débarrasser des idées qui lui troublaient la cervelle. Le troisième jour, il tomba malade à en mourir; il guérit cependant, mais il changea de peau, comme s'il avait bu du poison, tant il avait eu peur.

Zoroastro, le Scheggia et leurs amis, ayant eu les vingt-cinq ducats, s'occupèrent, tant qu'ils durèrent, à faire ripaille et à mener la vie la plus agréable du monde, tout en riant et en se moquant de ce parfait imbécile de Guasparri. Celui-ci revint à Florence à la Toussaint ; et pour ne plus être tourmenté, pour se tranquilliser l'esprit, il vendit sa maison de Borgo Stella et en acheta une autre du côte de San Pier Maggiore ; ses persécuteurs lui jouèrent là, au bout de peu de mois, un autre tour qu'un de ses parents lui fit découvrir. Éclairé par ce parent, dont il suivit les conseils, il rompit complétement et à jamais sa liaison avec ses anciens amis.

SEPTIÈME NOUVELLE

—

TADDEO, pédagogue, devint amoureux d'une jeune fille noble; il lui écrit une lettre d'amour qui tombe entre les mains de son frère. Le frère répond au nom de sa sœur et fait venir de nuit le pédant dans sa maison, où, aidé de quelques camarades, il lui joue un tel tour, que celui-ci, à demi mort, et conspué par tout le monde, s'enfuit de Florence.

L'HISTOIRE de Filena, toute pleine de gaieté, avait adouci l'impression de tristesse et d'horreur causée par la précédente; elle avait réconforté les cœurs, rendu le calme aux esprits, séché les yeux et rasséréné le visage des dames et des jeunes gens. Lidia, qui était assise auprès de Fileno, et dont les joues étaient teintes d'une aimable rougeur, se mit à parler ainsi

de l'air le plus gracieux : « Charmantes
» dames, et vous honorés jeunes gens, le
» tour joué à Guasparri del Calandra m'a
» remis en mémoire une Nouvelle, peut-être
» même une histoire, que j'ai entendu
» raconter à mon grand-père, avant qu'il
» quittât ce monde, et vous savez qu'il
» racontait mieux que personne; il s'agit
» d'un tour joué aussi à un pédagogue. Je
» crois qu'il vous amusera et vous donnera
» matière à rire autant et plus que l'histoire
» précédente. » Puis elle continua ainsi :

Il y avait autrefois dans la maison de Tommaso Alberighi, homme des plus estimés de son temps à Florence, un pédagogue chargé de diriger et d'instruire ses deux fils. Il se nommait Taddeo; il était d'un petit bourg de notre Val d'Arno, vers la source du fleuve, et, quoiqu'il fût de basse extraction, sot, pauvre, laid et sans mérite, il s'éprit d'une noble et très belle jeune fille, qui habitait près de la maison de son maître et qui avait nom Fiammetta. Il passait et repassait devant sa porte, lui faisant les yeux doux, comme s'il eût été un personuage d'importance ou le fils de quelque noble et riche habitant; la jeune fille, fort honnête, ne s'en apercevant pas, ne s'en souciait guère, ce qui désespérait le pédagogue; car il ne voyait d'autre difficulté à vaincre, que celle de faire connaître son amour à sa bien-aimée; il se trouvait si gracieux et si gentil que la jeune fille serait forcée de se rendre, dès qu'elle se saurait aimée de lui. Il résolut donc d'écrire une belle lettre d'amour et de la lui envoyer. Quand il l'eut écrite, il attendit un Dimanche matin de bonne heure, le moment où la servante revenait de la messe; il l'appela à part et la pria, en lui faisant beaucoup de cajoleries et de belles promesses, de remettre de sa part la lettre à la jeune fille. La servante, je ne sais pourquoi, peut-être parce qu'elle haïssait le pédant, la remit non pas à la Fiammetta, mais à un de ses frères. Celui-ci, qui était hardi et fier, comme un riche et noble jeune homme qu'il était, n'eut pas plus tôt reçu la lettre et compris de quoi il s'agissait, qu'il se mit à blasphémer; il paraissait en fureur et voulait, sans perdre un instant, aller rompre les os du pédagogue; mais à ce moment arriva un de ses meilleurs amis, nommé Lamberto, qui, le voyant dans une si grande colère, lui dit : « Agolante, » (ainsi s'appelait le jeune homme), « qu'y-a-t-il donc ? pourquoi » toute cette colère ? » Agolante lui répondit, sans cesser de maudire le pédant : — « Si tu savais ce que m'a fait » cet insolent pédagogue! — Et que t'a- » t-il fait ? » demanda Lamberto. — « Il a » été assez effronté et assez présomp- » tueux, » reprit Agolante, « pour avoir » l'audace d'écrire à ma sœur; comme » s'il était son maître, il lui ordonne d'a- » bord, puis il la prie d'avoir pitié et » compassion de lui et de trouver vite un » moyen de soulager son tourment. » Voici la lettre, lis; as-tu jamais vu » pareille impudence ? Je fais vœu à

» Dieu de lui donner, avant que le soleil
» disparaisse à l'horizon, assez de coups
» de bâton pour le faire tomber à mes
» pieds. — Mais non, » dit Lamberto; « si
» j'étais à ta place, je me conduirais tout
» autrement, car en te laissant aller à ta
» colère, et en lui donnant des coups de
» bâton, tu ne sauras pas les mesurer ; tu
» pourras bien lui casser la tête et le tuer ;
» tu auras fait là une jolie chose ; tu auras
» perdu ta fortune, ta patrie, et pour qui ?
» pour un coquin, pour un misérable
» pédant pourri, dont la vie ne vaut pas
» deux poignées de noyaux. »

Agolante, bien que fort irrité et très entier de caractère, comprit que son ami disait vrai, et il lui répondit : — « Soit,
» je ferai ce que tu voudras; mais dis-moi
» comment tu t'y prendrais pour châtier
» sans aucun risque cet âne effronté. »
Lamberto répliqua : — « Pour com-
» mencer, je répondrais à sa lettre au
» nom de ta sœur, mais sans qu'elle en
» sût rien, et j'enverrais ma réponse au

» pédagogue par la servante qui s'est
» chargée de son message ; j'aurais soin
» de lui donner un peu d'espoir ; je suis
» bien sûr qu'il répondra. Je continuerais ainsi de lettre en lettre, et enfin la
» Fiammetta, pendant un voyage au
» dehors que tu serais censé faire, lui
» donnerait un rendez-vous et le ferait
» venir ici dans ta maison ; il y trouverait, pour ses péchés, un châtiment tel
» qu'il en souffrirait toute sa vie ; et
» voilà un tour dont on parlerait dans
» toute l'Italie ! »

Les idées de Lamberto plurent si fort à Agolante, qu'il lui abandonna toute l'affaire, en le priant vivement de jouer au pédant quelque bon tour de premier ordre dont on parlât pendant mille ans ; il appela la servante et lui dit de faire sans faute tout ce que lui commanderait Lamberto. Celui-ci, après avoir lu et relu la lettre, après l'avoir bien examinée, fit une réponse le lendemain matin ; il la donna à la servante et lui dit de la porter au pédagogue de la part de la Fiammetta. Le gaillard en fut tout d'abord très satisfait; mais ce fut une vraie joie quand, l'ayant lue, ayant savouré les douces paroles de sa bien-aimée, il vit qu'elle l'aimait autant qu'elle était aimée, et que, dès qu'elle le pourrait, elle lui en donnerait des preuves certaines. Elle le suppliait de vouloir bien, pour ne pas la compromettre, ne pas passer trop souvent devant sa maison, ni s'arrêter trop à la regarder; elle lui disait de ne pas s'étonner si elle ne lui faisait pas trop bonne mine, si quelquefois elle avait l'air de ne pas le voir : c'était en vue d'un heureux résultat qu'elle se conduisait ainsi. Lamberto avait écrit son billet avec beaucoup d'adresse, pour que le pédant n'eût aucun soupçon si la jeune fille ne le regardait pas quand il passait, comme cela arrivait d'ordinaire.

Taddeo ne tarda guères à lui écrire une autre lettre; il reçut, au nom de la jeune fille, une réponse où on lui donnait toujours beaucoup d'espoir. Tant alla la correspondance, lui toujours écrivant, elle toujours répondant, que Taddeo, n'y tenant plus, exigea de la jeune fille, presque comme s'il lui donnait un ordre, qu'elle trouvât le moyen de le rendre heureux. Lamberto alors pensa que le moment était venu de brusquer le mouvement; il répondit que rien n'etait possible avant la semaine suivante, parce qu'Agolante, le frère, devait partir de Florence et passer des jours et des semaines à la campagne; que Taddeo serait prévenu, et qu'ainsi il n'était plus nécessaire de s'écrire.

Quelle fut la joie du pédagogue, il ne faut pas le demander; il lui semblait ne plus vivre tant qu'il ne pourrait tenir serrée dans ses bras sa belle Fiammetta. Ne sachant pas se contenir, il passait souvent devant sa porte; quelquefois il la voyait à sa fenêtre; il remarquait qu'elle ne le regardait pas, comme si elle ne le connaissait pas du tout, et il se disait à part

lui : « Comme elle est prudente et habile !
» comme elle sait feindre ! par Dieu !
» c'est une femme comme on n'en trouve
» pas à la douzaine ! quel air angélique !
» quelle figure de chérubin ! quelles
» chairs d'albâtre ! Non, les Lamies, les
» Dryades et les Napées ne la valent
» pas. » Il en perdit la tête à ce point, qu'il composa à sa louange des chansons et des sonnets (les poésies les plus ridicules qu'on vit jamais), voire même un poème dont les chiens n'auraient pas voulu pour en manger ; il avait envoyé tout cela à la Fiammetta, et les jeunes gens en riaient autant qu'on peut rire en ce monde.

Lamberto, voulant en finir et donner au pédant une bonne frottée, convint de tout ce qu'il fallait faire avec Agolante ; il le fit un matin de bonne heure partir à grand tapage pour la campagne, à Santa Croce, où il avait des terres ; tout le voisinage vit Agolante monter à cheval, et, par un heureux hasard, Taddeo le vit aussi. Pensez quelle fut sa joie ! Peu de temps après arriva la servante qui, par ordre de Lamberto, lui apporta un billet. Le pédagogue, heureux et ravi d'aise, le lut et quitta la servante en ricanant; quand il eut bien compris, ce fut l'homme le plus joyeux du monde. La lettre lui disait de venir le soir, sur les quatre heures (on était près du carnaval), se promener du côté de la porte ; il devait éviter d'être vu et signaler sa présence en battant des mains trois fois ; alors la jeune fille, qui serait au guet, lui ouvrirait ; ils s'amuseraient ensemble jusqu'au matin, et après cela Taddeo pourrait rentrer chez lui.

Le soir arriva. Taddeo dit à la maison qu'il lui fallait aller souper et coucher avec un de ses oncles, qui était prêtre à San Pier Gattolini ; et le maître sot, après s'être promené jusqu'à trois heures, alla seul au cabaret ; il y soupa et ensuite se dirigea tranquillement vers la demeure de la Fiammetta. Au coup de quatre heures, s'approchant de la porte, il fit bien doucement le signal convenu; personne ne passait dans la rue. La servante qui avait l'oreille tendue, comme le lui avait ordonné Lamberto, lui ouvrit aussitôt et le fit entrer doucement en lui disant : — « Maître, la Fiammetta est encore auprès » du feu avec sa mère; en attendant » qu'elle aille se mettre au lit, ce qui ne » peut plus guère tarder, entrez en bas » dans cette chambre, et attendez ; elle » viendra, le plus tôt qu'elle pourra, vous » y rejoindre; et puis vous aurez plu- » sieurs heures devant vous pour vous » amuser. »

Cela plut beaucoup au pédagogue, qui suivit la servante; celle-ci, arrivée à la chambre, ouvrit, et, dès qu'ils furent entrés, elle dit : « Vous voyez, Taddeo, » que cette chambre est bien meublée; » nous avons mis aujourd'hui même une » paire de draps blancs au lit; vous pou- » vez vous déshabiller et vous coucher » pour attendre. » Taddeo suivit très volontiers le conseil de la servante, tout en se disant à lui-même : — « Par Sainte » Marie ! voilà une femme bien entendue » Où puis-je mieux attendre ma bien- » aimée que là-dedans ? » Il tâta le lit et, se tournant vers la servante, il lui dit : — « Ton conseil me plaît fort. » Après s'être fait tirer ses chausses et laisser de la lumière, il la congédia ; elle lui dit en partant : — « Voyez, mon maître, la » jeune fille seule a la clef de cette cham- » bre ; ainsi, quand j'aurai fermé, per- » sonne d'autre qu'elle ne pourra en- » trer ; la première personne qui ouvrira » sera votre Fiammetta ; je vous la re- » commande bien, n'allez pas être trop » brutal, elle est si jeune et si tendre ! » Tout en parlant ainsi, la servante ferma la porte et s'en alla en disant à mi-voix : « Tu l'auras dans le cul ! » Le pédagogue, tout réjoui, allait riposter, quand il se vit enfermé tout seul ; il acheva de se déshabiller, plus joyeux qu'il ne l'avait jamais été de sa vie, et se blottit dans le lit, attendant avec une impatience extrême sa Fiammetta et se promettant la meilleure et la plus agréable nuit qu'il eût jamais passée, tandis qu'il allait avoir la plus triste et la plus douloureuse.

La servante, aussitôt qu'elle eut fermé la porte de la chambre et enfermé dedans le pédagogue qui ne s'en était pas aperçu, était allée dans une autre pièce, au milieu de l'escalier, où était Agolante, qui avait laissé son cheval tout près de la ville chez un de ses amis, et qui le soir, tard, s'en était revenu secrètement à pied à Florence par une autre porte. Lamberto, et quatre de leurs camarades, qui avaient soupé là pour jouer le tour au pédagogue, tous bien pourvus de ce qu'il leur leur fallait, apprirent de la servante que le pédant s'était mis au lit ; ce fut une vraie fête pour eux ; ils envoyèrent la bonne femme dormir, car ils n'avaient plus besoin d'elle. Après cela les jeunes gens se mirent à conter des histoires et à rire ; ils traînèrent tant que sept heures sonnèrent : aussitôt Lamberto et ses compagnons se mirent à l'œuvre.

Le pédant, voyant que sa Fiammetta tardait tant à venir, éprouva quelque crainte, non pas d'être exposé à un mauvais tour, mais bien qu'un accident imprévu fût arrivé à la jeune fille ; il se disait cependant à lui-même : « Elle est si » adroite et si prudente, qu'avant de ve- » nir me trouver, elle veut voir sa mère » endormie ; c'est cela qui la retient là- » haut, afin de pouvoir ensuite, l'esprit » tranquille, rester auprès de moi un » bon moment avec toute la sécurité » possible. » Et il avait l'oreille tendue à tel point, qu'au moindre bruit qu'il entendait, il croyait que c'était la Fiammetta qui venait le consoler.

Lamberto, qui s'était préparé et qui avait la clef, s'en vint, avec ses compagnons, à la chambre où attendait le pédant. Ils étaient tous vêtus de blanc et travestis en pénitents ; quatre d'entre eux avaient chacun un fouet de cuir à la main, les deux autres portaient des torches allumées. Quand Taddeo entendit qu'on touchait à la porte et qu'on tournait la clef dans la serrure, il redevint tout joyeux; il se mit sur son séant dans le lit et ouvrit les bras, pensant qu'aussitôt entrée sa bien-aimée se jetterait à son cou; il avait formé le projet de lui livrer un assaut tout de suite, avant qu'elle fût déshabillée, tant il brûlait de désir et d'amour! Mais, à l'aspect de tous ces gens travestis, il fut saisi d'une telle douleur et d'un tel effroi qu'il ne sut pas se mettre en défense; il restait immobile, stupide en quelque sorte. Ceux qui étaient entrés enlevèrent, dès qu'ils eurent refermé la porte, la couverture et la courte-pointe du lit, qu'ils jetèrent au milieu de la chambre; aussitôt les quatre qui avaient des fouets se mirent, sans dire mot, à rouer de coups le malheureux pédagogue, aussi fort que le leur permettait la vigueur de leurs bras. Taddeo, voyant cela, et le sentant mieux encore, criait et pleurait; il demandait pardon et miséricorde, implorait grâce tant qu'il pouvait ; mais on ne pensait qu'à le frapper, les uns d'un côté, les autres d'un autre, tantôt dessus, tantôt dessous : de sorte que le pauvre diable, déjà tout livide, voyant que prières et supplications ne servaient de rien, sauta à bas du lit ; on continua à lui taper dessus au point de lui donner quatre cents coups de fouet peut-être, de sorte qu'il était rompu et tout en sang ; las de crier, abîmé de coups, il était si faible et si épuisé qu'il se laissa aller à terre comme un mort ; et je crois bien que jamais homme au monde ne fut si mal arrangé que lui.

Lamberto et ses amis, non pas rassasiés, mais fatigués de frapper, cessèrent un peu de le battre ; toujours sans dire un mot, ils lui lièrent les mains et les pieds avec deux lanières afin de l'empêcher de se tuer ou de se donner quelque mauvais coup, et ils le laissèrent lié au milieu de la chambre, emportant tous ses habits jusqu'à sa chemise, jusqu'à ses souliers; puis ils s'en retournèrent dans la chambre où ils étaient auparavant. Ils étaient enchantés, riaient de tout leur cœur et de toutes leurs forces aux dépens du pauvre Taddeo, et se disaient entre eux : « Je pense que cela lui fera » sortir de la tête son amour et ses dé- » sirs. »

Parmi eux se trouvaient le Piloto et le Tribolo, les plus facétieux personnages, les plus habiles à organiser de bons tours, de bonnes farces, qu'il y eût alors à Florence. Ils avaient fabriqué avec du stuc, des étoupes et des chiffons, un mannequin qui, de taille, et de visage surtout, ressemblait tout à fait au pédant ; ils lui avaient fait un masque exprès pour cela ; quand ils lui eurent encore mis ses habits, c'était à s'y méprendre. En attendant le moment de mettre la dernière main au tour si bien commencé, les jeunes gens s'occupèrent à boire et à bavarder.

Le pédagogue, resté seul, déchiré et

roué de coups, maudissait de tout son cœur son amour, la Fiammetta, le jour où elle était née ; il n'avait aucun espoir de sortir autrement que mort des mains de ses persécuteurs. Il tenait pour certain que le frère de la Fiammetta, ayant su ses démarches, avait monté le coup dont il était victime ; accablé de souffrance, ne pouvant se remuer, il poussait les plaintes les plus déchirantes qu'on eût jamais entendues, et attendait la mort à chaque instant.

Quand douze heures furent sonnées, un serviteur de Lamberto vint le prévenir que la garde était rentrée au quartier ; aussitôt Lamberto et ses amis, vêtus en pèlerins, comme ils étaient, s'en allèrent avec le mannequin qui représentait le pédant, à la chambre où ils avaient laissé Taddeo ; ils le firent lever, après lui avoir détaché les pieds et les mains, lui bandèrent les yeux, et le menèrent, tel qu'il était et tout sanglant, hors de la maison. Le pauvre diable n'osait rien dire, tant il avait peur, car il avait vu des poignards au côté de ceux qui l'accompagnaient, et il ne craignait pas moins de les entendre crier à l'Arno. Quand on fut arrivé au Vieux Marché, ils mirent leur mannequin au carcan contre une colonne, et l'arrangèrent de telle sorte qu'à une certaine distance il paraissait en vie; ils lui attachèrent au cou un écriteau où se lisait en lettres majuscules : POUR S'ÊTRE LIVRÉ A LA SODOMIE; puis ils débandèrent les yeux du pédant en lui faisant signe de regarder et de voir s'il se reconnaissait. A cette vue, le pédagogue éprouva tant de chagrin et de douleur qu'il fut sur le point de crier; cependant il se retint, craignant qu'il ne lui arrivât pis encore; il trouvait que c'était chose surprenante de voir quelqu'un dont le visage ressemblait tant à son visage; mais il vit bien que le chapeau, le pourpoint, le manteau, les chausses et les souliers étaient les siens. Pensez s'il devait avoir le cœur serré en se disant qu'aussitôt le jour venu, tout le monde le reconnaîtrait, que son maître aussi le verrait ! Mais alors on lui remit le bandeau sur les yeux, parce que l'aube commençait à blanchir ; on l'emmena, on le conduisit à la maison de l'un d'eux, dans le cul-de-sac de messer Bivigliano ; puis, après lui avoir de nouveau lié les pieds et les mains, on le laissa dans une écurie et chacun alla se coucher.

Le grand jour parut ; les personnes qui les premières allèrent à leurs boutiques, virent le pédagogue. Tout le monde rit, s'étonna de ce spectacle ; mais, comme on ne savait ni pourquoi, ni par qui il avait été mis là, personne n'osait y toucher ; bien des yeux qui, de loin, l'avaient cru vivant, s'aperçurent de près qu'ils s'étaient trompés ; il ne tarda guère à arriver quelques personnes qui reconnurent le pédant à sa figure et à ses habits. Le bruit s'en répandit aussitôt dans tout Florence ; si bien qu'en moins de deux heures, plus de deux mille personnes accoururent. Il n'y eut ni un écolier, ni un maître, ni un étudiant, ni un docteur, qui ne voulût le voir ; chacun trouvait que c'était l'événement le plus extraordinaire, le plus étrange, dont on eût jamais ouï parler ; tous ceux qui connaissaient Taddeo et qui voyaient ses vêtements sur ce mannequin disaient du mal du pédant. Tommaso, son maître, y vint comme les autres, et il était très fâché de l'aventure ; cependant, ni lui, ni ses parents, ni ses amis, n'osaient faire enlever le mannequin ; on ne pouvait s'imaginer par qui ni pourquoi il avait été mis là ; chacun disait son mot, entre autres le Piloto, le Tribolo, Lamberto et Agolante, qui s'étaient rhabillés et qui, mêlés à la foule, faisaient les contes les plus plaisants et les plus extraordinaires. Tout le monde riait autour d'eux en les entendant se moquer de Taddeo et des autres pédagogues.

Les choses en étaient là, quand le fait fut porté à la connaissance des Huit ; le

Tribunal se réunit aussitôt et publia un édit des plus sévères contre celui qui avait mis le pédagogue au carcan ; ils le firent retirer immédiatement et emporter par leurs hommes. Lamberto et ses compagnons, ayant entendu et vu, s'en allèrent au cul-de-sac de messer Bivigliano ; ils trouvèrent dans l'écurie le pédant qui, à force de se retourner, s'était entièrement recouvert de fumier pour se garantir du froid. Ayant remis leurs effets de pénitents, ils le firent sortir, après lui avoir d'abord tous ensemble pissé sur la figure et sur tout le corps. Le Piloto, qui avait à la main une torche allumée, mit le feu à sa barbe et à ses cheveux, de sorte que sa moustache et sa chevelure furent complètement brûlées ; il lui vint tant de cloches sur les joues, sur la tête, sur le cou, qu'il en fut défiguré au point d'être méconnaissable, même par sa mère qui l'avait fait : il semblait être le plus étrange animal qu'on eût jamais vu. Encore fut-il heureux pour lui d'avoir les yeux bandés; sans cela il les aurait perdus. A la fin, on le conduisit à la porte, on lui ôta son bandeau, et Tasso, lui donnant une poussée, l'envoya au milieu de la rue, livide, sanglant, grillé, puis ferma vivement la porte.

Que direz-vous quand vous saurez qu'à ce moment-là même, il se mit à pleuvoir si fort qu'il semblait que la mer fût dans le ciel? Taddeo, une fois dehors, ne reconnut pas tout de suite dans quelle rue il était; il résolut de ne pas s'arrêter, quoique l'eau tombât à torrents, et la fortune favorisa si bien ceux qui lui avaient joué ce tour, que personne ne le vit, à cause du mauvais temps, sortir de la maison. Il se dirigea par hasard du côté de la place : il était nu comme Dieu l'avait fait, et les coups qu'il avait reçus le faisaient paraître rayé de rouge et point en violet; quand il fut près du coin, il vit où il était, et, désespéré, ne sachant où se sauver, il se mit à courir en traversant la place par le milieu, sans se soucier de l'eau, ni de rien. Les gens qui s'étaient réfugiés dans la galerie et sous les toits des Pisans pour éviter la pluie, voyant cet homme, le crurent fou à lier; ils le crurent davantage encore quand ils le virent, pendant sa fuite précipitée, glisser et tomber à terre plus de dix fois avant d'avoir traversé la place, tant il se hâtait. On l'examina de près quand il passa du côté des Antellesi, mais personne ne le reconnut; toujours courant, il arriva à San Martino, où les garçons de boutique se mirent à le poursuivre en criant : « Au fou, au fou! Arrête! arrête! » Prenez-le, prenez-le! » Des boutiques on lui jetait dans les jambes des bâtons, des corbeilles; on cherchait à arrêter sa course et à le saisir; je vous assure que la pluie lui fut bien utile; sans elle, les enfants et les garçons de boutique l'auraient tué. Quand il fut arrivé à la rue principale, il se mit à courir vers San Pier Maggiore, toujours poursuivi par l'eau et par les cris; il courut tant, qu'à la fin il sortit de Florence par la porte Alla Croce; on le vit encore passer, sans reprendre haleine, sans s'arrêter, le pont de Sieve; il excitait le rire et l'étonnement partout où il passait; mais, à partir de ce moment, on n'a jamais su ce qu'il était devenu.

Quand la pluie eut cessé, Agolante et Lamberto s'en allèrent au palais trouver l'un un oncle, l'autre un parent, qui heureusement pour eux étaient des Huit; ils leur racontèrent en détail ce qu'avait fait le pédagogue, et, pour prouver qu'ils disaient la vérité, ils leur montrèrent les quatre lettres. Ceux-ci en parlèrent à leurs collègues dans la Chambre du Conseil, et après avoir fait bien des reproches aux jeunes gens, on les renvoya sans les poursuivre en justice. Ils en furent très contents et se mirent à raconter par tout Florence leur bon tour, qui faisait rire aux larmes tous ceux qui les écoutaient.

HUITIÈME NOUVELLE

—

UN PRÊTRE DE CAMPAGNE *devient amoureux d'une jeune fille noble, sa paroissienne ; il cherche à la séduire. Elle ne veut pas se rendre à ses désirs, et elle dit tout à ses frères, qui jouent au prêtre un tour si bien combiné, qu'entre autres choses, ils lui enlèvent son argent et le reste. Après cela, ils le laissent lié par les testicules à un cyprès ; le prêtre se tire habilement d'affaire et n'en est que plus estimé qu'auparavant.*

SILVANO, qui avait écouté avec attention la Nouvelle de Lidia, à laquelle toute la compagnie avait pris un plaisir infini et dont elle avait ri à bien des reprises, voyant qu'elle était achevée, prit en souriant la parole en ces termes : « Que » direz-vous, charmantes dames et vous

» autres Messieurs, si la Nouvelle que j'ai » l'intention de vous donner est tellement » semblable à la précédente, que j'ai été sur » le point de la laisser là et de vous en ra- » conter une autre? Je le ferais certainement, » si la fin n'était pas toute différente; je veux » donc absolnment vous la dire: vous y » verrez comment un bon prêtre sut, avec » beaucoup d'adresse *et* d'habileté, non seu- » lement éviter une honte manifeste et un » préjudice sérieux, mais encore en tirer » honneur et profit. » Et il continua:

Sachez donc qu'il y eut jadis à Florence deux frères de noble et ancienne race, dont je crois devoir vous taire le nom et la famille. Devenus pauvres, par suite de revers de fortune, ils se retirèrent, avec une sœur unique qu'ils avaient, dans un petit bien qu'ils possédaient à la campagne, mais si près de la ville qu'ils revenaient sans trop de peine chez eux tous les soirs; le matin, ils allaient travailler tous deux à l'industrie de la laine, où ils faisaient métier de revoir les étoffes pour en extraire les pailles et ce qui ne doit pas y rester; ils gagnaient gros, et vivaient fort à l'aise. Leur maison était à la campagne, près d'une église où officiait alors certain prêtre qui avait été d'abord pédagogue, puis sbire, et ensuite moine; c'était le plus grand et le pire hypocrite qu'on eût jamais vu. Ayant l'occasion de voir souvent la jeune fille qui était belle et fraîche, il devint amoureux d'elle et il crut fermement qu'il en jouirait comme il avait joui de tant d'autres; il connaissait sa situation et celle de ses frères, et, en donnant je ne sais quelle somme d'argent, il corrompit une vieille servante que les jeunes gens entretenaient. La vieille se chargea de beaucoup de messages pour la jeune fille; mais celle-ci, bien que besogneuse, ne voulut jamais rien entendre; elle répondait à sa servante d'engager celui qui l'envoyait à s'adresser ailleurs, car il n'aurait jamais d'elle ce qu'il désirait.

Messer le prêtre, qui savait bien qu'un

arbre ne tombe pas au premier coup de cognée, et qu'il faut persévérer pour vaincre, ne cessait de la solliciter et de l'ennuyer, lui promettant monts et merveilles, comme s'il eût été le premier prélat de la Chrétienté. Alors, la jeune fille résolut de tout dire à ses frères, qui, après l'avoir entendue, et après avoir tancé la servante tant et plus, lui adressèrent de vifs éloges et décidèrent entre eux d'infliger au prêtre un châtiment si sévère, que l'amour et le désir lui sortiraient à jamais de la tête. Ils chargèrent la servante de dire au prêtre, de la part de la jeune fille, qu'elle était toute disposée à se rendre à ses vœux, mais qu'elle ne le pouvait pas avant le jour où ses frères partiraient pour la foire de Prato, la veille de la fête de la Vierge : c'était dans quatre jours, et alors elle l'attendrait à deux heures de nuit.

Si le prêtre fut content de ce message, on ne saurait jamais vous le dire assez. En attendant, les deux frères s'occupaient à préparer leur jeu pour lui donner une offrande inusitée. Quand la veille de la fête de la Vierge fut venue, ils firent devant leur voisinage, le matin de bonne heure, mine d'aller à la foire, et puis le soir, sur le tard, après avoir envoyé leur sœur chez une veuve, leur parente, qui était venue passer à la campagne tout le mois de Septembre, ils rentrèrent chez eux dans l'obscurité et y menèrent un camarade qui était leur ami intime. Le prêtre avait passé la journée à se promener et à orner un peu son église ; ensuite, il avait envoyé son clerc trouver à Florence un prêtre de ses amis pour le prier de venir, dès que les portes seraient ouvertes, à son village, afin qu'il y eût, pour un si grand jour et à propos d'une telle fête, une messe de plus ; et aussi dans le but de rester seul la nuit, de pouvoir plus tranquillement et avec plus de facilité vaquer à ses plaisirs, avec la certitude que son clerc ne pouvait ni le déranger, ni s'apercevoir de rien.

Le moment lui paraissant venu, après avoir d'abord bien soupé, il sortit de chez lui par la porte du jardin, passa par une vigne et arriva à un petit fossé par lequel il gagna la maison de la jeune fille; il frappa doucement à la porte, comme c'était convenu, et vit dans une demi-obscurité le jeune frère de la dame se mettre à la fenêtre. Ce jeune homme, qui n'avait pas encore de barbe au menton, s'était mis au cou un mouchoir et sur la tête un des filets de sa sœur, si bien qu'il semblait que ce fût elle-même; il rit un peu, et se leva vite comme pour aller ouvrir; arrivé à la porte presque dans les ténèbres, il l'ouvrit à demi. Le messire, qui ne craignait rien au monde, persuadé que les frères étaient à Prato, entra aussitôt, et le jeune homme ferma promptement; il n'y avait pas de lumière en bas. Le prêtre, croyant vraiment avoir affaire à la jeune fille, voulut lui jeter les bras autour du cou pour l'embrasser et la baiser, mais son parte-

naire lui lança un coup de poing si bien appliqué, qu'il l'étendit à terre de tout son long. Il se mit alors à crier : « Hélas ! » ma vie ! que fais-tu ? qu'est-ce que » cela veut dire ? » Mais il entendit ouvrir la porte de la chambre d'en bas et il en vit sortir l'autre frère et son ami, chacun avec un chandelier à la main.

S'il fut étonné et attristé de leur apparition, il ne faut pas le demander ; surtout quand il vit que la jeune fille s'était transformée en garçon. Il reconnut aussitôt qu'il avait affaire aux frères et il se tint pour mort ; l'aîné se mit dès l'abord à lui dire les plus grosses injures qu'ait jamais entendues coupable pris en flagrant délit, à lui faire les reproches les plus sanglants. Le malheureux prêtre ne faisait autre chose que demander grâce et merci ; il implorait son pardon et offrait de se soumettre à toutes les pénitences qu'on voudrait lui imposer ; mais le plus grand frère, fort en colère, et l'épée nue à la main, lui dit à haute voix d'un air furieux : « Je ne sais qui me » tient de vous transpercer de part en » part ; voilà une belle conduite pour un » excellent religieux ! voilà les enseigne- » ments que vous donnez, les souvenirs » que vous laissez aux âmes confiées à » vos soins ! c'est comme cela, c'est » dans ce but que vous venez visiter vos » paroissiennes ? N'avez-vous pas honte, » prêtre infâme, de venir dans la maison » des gens de bien pour déshonorer » leurs familles et pour tromper des » jeunes filles sans expérience ? Vous » espériez bien être heureux cette nuit » et la passer tout entière à satisfaire vos » appétits malhonnêtes, à prendre de la » volupté ; mais au lieu des noces que » vous espériez, c'est la mort que vous » trouverez. »

Cela dit, le jeune homme ordonna au prêtre de se déshabiller, s'il ne voulait recevoir son épée dans le corps. Le prêtre, désolé et tremblant de peur, se mit à ôter son vêtement de dessus d'abord, ensuite ses chausses ; il finit par enlever jusqu'à sa chemise. Alors, le frère aîné l'empoigna, l'enleva et le coucha sur une table; puis on le lia très étroitement comme on lie ceux auxquels on veut faire l'opération de la castration ou celle de la pierre. Cela fait, les jeunes gens, ayant pris son escarcelle et une lanterne, le laissèrent seul, et allèrent à l'église; aussitôt arrivés, ils ouvrirent lestement la porte du cloître avec la clef qu'ils avaient emportée, et se rendirent à la maison du prêtre : ils allumèrent leur lanterne et ouvrirent toutes les portes, tous les coffres, toutes les armoires. Entre autres choses précieuses, ils trouvèrent dans une cassette un petit sac où il y avait deux cents beaux florins d'or, et un autre plus petit où il y en avait huit ou dix en monnaie; ils s'en emparèrent, ainsi que de quelques vêtements de toile et de laine et d'autres objets d'une plus grande valeur. Ils brouillèrent et mirent sens dessus dessous tout ce qu'ils laissèrent dans la maison, ouvrant les matelas et les oreillers, cassant la vaisselle et les verres, répandant le vinaigre, l'huile, le sel et la farine ; ils firent enfin le plus beau gâchis du monde et mirent à sac toutes les chambres les unes après les autres. Après cela, tous trois, chargés de l'argent, des vêtements les plus fins et des objets les plus précieux du prêtre, dont ils avaient fait des paquets, rentrèrent dans la maison.

Ils y trouvèrent le messire plein de douleur et d'effroi, qui n'espérait pas sortir en vie de leurs mains. Mais quand il les vit revenir chargés de son argent et de ses effets, il fut pris d'un chagrin si vif et si cuisant qu'il fut sur le point de mourir ; puis il voulut crier, mais il se retint, craignant pis encore. Les trois compagnons, après s'être déchargés, avoir mis l'argent en lieu sûr, et rangé le reste de leur butin, délièrent le prêtre et l'emmenèrent tout nu hors de la maison. Le malheureux avançait de mauvaise grâce; il craignait quelque mauvais tour ; mais les jeunes gens, l'épée et le poignard à la main, le menaçant de le tuer, et l'obligeant à marcher, le conduisirent à son église. Ils entrèrent ensuite dans le cloître et le menèrent au milieu du pré où il y avait un cyprès auquel ils le lièrent, le dos contre le tronc, les bras en l'air, de telle sorte qu'il ne pouvait se détacher tout seul et qu'un autre même devait avoir beaucoup de peine à le détacher. Comme ils l'avaient laissé libre depuis le nombril jusqu'en bas, il pouvait faire ce qu'il voulait de ses jambes et de ses pieds qui étaient à deux doigts de terre. Après cela, le jeune frère, qui était leste comme un chat, lui lia les testicules avec un long morceau de corde solide qu'il avait apporté exprès pour cela ; puis, grimpant tout en haut du tronc du cyprès, il arriva aux branches et attacha à l'une d'elles le bout de la corde, en la tendant de telle sorte que le prêtre était forcé de se tenir immobile et tout contracté, sous peine de souffrir d'une manière intolérable. Le laissant dans cette attitude folle et extravagante, il descendit à terre, et, après avoir refermé la porte, s'en alla dormir chez lui avec son frère et son ami.

Quel chagrin et quelle douleur éprouvait le pauvre sire resté nu comme Dieu l'avait fait et attaché de la façon que vous savez, on ne peut pas même se le figurer, bien loin de le pouvoir raconter. Il pensait que, dès le point du jour, il serait trouvé là et vu par tous ses paroissiens; cependant, en hablle coquin qu'il était, il imagina une malice nouvelle et reprit un peu courage; néanmoins il souffrait horriblement, car il resta lié là près de trois heures dans la posture la plus pénible et la plus incommode; il finit par ne plus pouvoir se soutenir sur ses genoux et par être obligé de poser les pieds à terre. Cela tendit la corde et lui tira ferme ce à quoi elle était attachée; l'extension fut si violente et la souffrance telle, qu'il s'évanouit et resta presque une heure sans connaissance ; cependant il revint à lui sans eau fraîche, ni malvoisie, ni frictions; et, quand il eut repris ses esprits, il ressentit un chagrin extrême; le jour commençait à poindre et il éprouva par-dessus le marché si grand froid que ses dents claquèrent au point qu'il en souffrit encore longtemps après.

Les paroissiens, qui n'avaient pas entendu sonner l'Ave Maria, et qui n'entendaient pas sonner la messe, furent très étonnés; le soleil était déjà levé, et une foule nombreuse, hommes et femmes, s'était réunie dans le cimetière et sous l'orme, chacun exprimant sa surprise de ce que l'église ne s'ouvrît pas pas et de ce que le prêtre ne parût pas. Déjà quelques-uns de ses amis étaient allés derrière l'église frapper à la porte et l'appeler, quand le clerc arriva avec le chapelain; apprenant ce qui se passait, ils en furent étonnés et affligés; puis, voyant la porte et les fenêtres fermées, ils craignirent que le prêtre ne fût mort ou n'eût été assassiné. Ils s'entendirent avec les principaux paroissiens, habitants de la ville et de la campagne, car il était arrivé bien du monde déjà pour entendre la messe ; ils soulevèrent la porte du cloître et la firent sortir de ses gonds ; hommes et femmes entrèrent en foule et virent aussitôt le pauvre messire arrangé comme vous savez, qui se désolait et se lamentait à l'excès.

Quel étonnement éprouvèrent d'abord tous ces gens, à la vue d'un si étrange spectacle, on peut mieux se le figurer par la pensée que l'exprimer par la parole. Le prêtre fut bientôt reconnu, car, dès qu'il vit la foule, il se mit à crier à gorge déployée : « Au secours ! à l'aide, » pour l'amour de Dieu ! » Beaucoup de braves gens accoururent aussitôt avec le clerc ; on lui demanda comment il se trouvait ainsi là, qui l'avait lié ; mais il ne répondit autre chose que : « Au secours ! » à l'aide, pour l'amour de Dieu ! » On coupa toutes les cordes qui l'entouraient, on le détacha du cyprès et, après lui avoir jeté un manteau sur le corps, on le porta dans sa maison; quand on y vit tout en désordre et sens dessus dessous et le lit de plumes ouverts, on le mit sur un matelas, pour qu'il se reposât, et, à sa prière, tout le monde s'en alla. Le chapelain qui était venu de Florence dit la messe, tout le monde était plongé dans la douleur et l'étonnement, et il semblait à chacun qu'il s'écoulait mille ans, tant on avait envie de savoir qui avait infligé au prêtre un tel outrage et une si grosse perte; personne ne voulait partir, car on avait entendu le clerc dire qu'il célébrerait la seconde messe et raconterait au peuple tout ce qui s'était passé; donc, quand le malheureux prêtre se fut reposé un bon moment, il se leva bien souffrant et s'habilla. Il vit alors son mal de près, ce qui lui fit pousser de profonds soupirs et des gémissements à fendre l'âme; cependant il commença à mettre à exécution le projet qu'il avait formé pour sauver son honneur et sa position : il appela son clerc par qui il se fit aider (car les bourses, qui étaient devenues étonnamment grosses, lui permettaient à peine de marcher); il alla dans la sacristie et, après s'être paré du mieux qu'il put, il vint dans l'église dire la seconde messe.

Lorsqu'elle fut achevée, il se tourna vers le peuple qui l'écoutait en silence et avec une grande attention, et il se mit à parler ainsi d'une voix basse et plaintive : « Mes chers paroissiens, tous les » accidents qui nous arrivent ici-bas, à » nous autres mortels, qu'ils soient heu- » reux ou malheureux, arrivent du con- » sentement et par la volonté de Dieu, » notre souverain maître : nous devons » le croire, et, par conséquent, nous de- » vons toujours lui en rendre grâces. Si » quelquefois ils nous paraissent funes- » tes, s'ils nous apportent ruine et » déshonneur, nous n'en devons pas

» moins penser et croire qu'ils nous
» sont arrivés pour notre bien, puis-
» qu'ils nous viennent de lui, qui est seul
» sage, seul puissant et seul juste. C'est
» pourquoi je le remercie de tout ce qui
» m'est arrivé cette nuit, quelle que soit
» la perte qui en résulte pour moi, et
» j'accepte tout cela de lui comme un
» bien, car il aurait pu m'arriver pis en-
» core. Vous savez, mes très chers pa-
» roissiens, qu'à toutes les veilles des
» fêtes de la Vierge, j'ai coutume de me
» lever, après mon premier somme, et
» de passer deux heures à faire certaines
» prières spéciales. Or, cette nuit, pen-
» dant que je priais, survinrent par mal-
» heur, je ne sais ni d'où ni comment,
» trois ennemis de Dieu, c'est-à-dire
» trois diables épouvantables et ef-
» frayants, dont chacun avait à la main
» un paquet de serpents; leur arrivée
» me fit grand'peur, et ils me donnèrent
» peut-être cent coups avec leurs paquets
» de serpents, au point de me rompre les

» os; de sorte que je crois que jamais
» Saint Antoine, ni Saint Nicolas de To-
» lentino, ni les autres saints, n'ont été
» aussi mal traités par eux que moi.
» Après cela, ils m'ont déshabillé tout
» nu, m'ont conduit dans le cloître et
» m'ont fait la plaisanterie de me lier
» comme vous l'avez vu; retournés en-
» suite dans la maison, ils m'ont tout
» mis en l'air, m'ont ouvert les lits de
» plumes, m'ont versé la farine, le vin
» et l'huile et m'ont cassé la vaisselle.
» Mais ce qu'il y a de pis, c'est qu'ils
» ont ouvert tous mes coffres, toutes
» mes armoires, et qu'ils m'ont volé un
» petit sac où il y avait bien deux cents
» ducats que j'avais mis tant d'années à
» réunir, en peinant, et qui me venaient
» d'aumônes, de messes, de confessions
» et d'autres revenus de l'église. Chose
» étonnante et qui n'est jamais arrivée,
» que je sache! des diables se faire vo-
» leurs! J'avais dessein d'employer cet
» argent à faire un devant pour le grand

» autel; je voulais y faire peindre la
» Vierge montant au ciel; je comptais
» aussi acheter une belle chaire en
» pierre. Maintenant que je reste pau-
» vre, comme vous pouvez le voir, et
» estropié, on peut le dire, car je ne
» serai plus jamais bon à rien, je me
» recommande à votre charité au nom
» de la passion de Notre Seigneur; je
» vous rappelle que les diables ne font
» jamais de mal qu'aux gens de bien,
» comme on peut le lire de mille hom-
» mes justes et saints dans le livre divin
» des Saints Pères. »

Il en dit tant, il sut si bien solliciter les secours, qu'hommes et femmes couraient à l'envi lui faire l'aumône; tout le monde était fâché de voir sa maison ravagée et lui-même en si mauvais état, car on croyait que tout ce qu'il avait dit était la vérité même; de sorte qu'en moins de quatre jours le peuple lui remplit sa demeure de farine, de vin et de toutes sortes de vivres, en quantité double de ce qu'il avait auparavant; les dames le pourvurent de mouchoirs, de chemises et de draps. Tous les dimanches, chacun avait pris l'habitude de lui faire après la messe une bonne aumône, si bien qu'avant deux ans écoulés il rentra dans tout son argent; il s'était fait partout presque la réputation d'un saint et il avait donné à entendre au peuple qu'il avait une prière spéciale avec laquelle il tirait les âmes du Purgatoire. Aussi jouissait-il d'un très grand crédit, et vivait-il grassement; mais ses bourses lui tombaient presque jusqu'aux genoux, et il dut désormais toujours porter un suspensoir.

Les deux frères et leur ami s'en allèrent dès le lendemain matin à la foire de Prato; on les y vit toute la journée; mais quand ils furent rentrés chez eux le soir avec la jeune fille, ils apprirent comment le prêtre s'était tiré d'affaire, et ils furent bien étonnés et de son adresse et de la simplicité des gens. Fort contents en somme, ils se turent; avec les deux cents florins d'or et la moitié d'une petite maison qu'ils avaient à Florence, ils marièrent à un bon et riche marchand leur sœur, qui fut toujours heureuse par la suite. Quant à eux, ils firent avec leur ami et à bien des reprises bonne chère aux frais du prêtre, ne cessant de rire et de s'étonner de le voir croître chaque jour dans l'estime publique. Le messire n'eut jamais l'audace de leur dire ou de leur faire dire un seul mot; quand il les voyait, il les saluait et il était plus aimable pour eux qu'auparavant. Aprés bien des années, quand le frère aîné fut mort, la sœur devenue vieille, le plus jeune frère raconta l'histoire; mais il ne fut pas cru, bien qu'il l'affirmât sous serment, qu'il invoquât le témoignage de son ami et qu'il expliquât comment on avait fait pour tromper le public; on n'ajouta pas foi à son récit et l'on dit que c'était une mauvaise langue.

Ainsi le bon prêtre sut, avec son esprit et son adresse, éviter une grosse perte et une honte sans pareille ; mais il se rappela toujours cette aventure et l'amour des femmes lui sortit de la tête.

NEUVIÈME NOUVELLE

NERI FILIPETRI, *camarade et ami de Giorgio, fils de messer Giorgio, cherche à corrompre sa bien-aimée que celui-ci lui avait laissée en garde; elle l'accable de reproches, et le repousse avec mépris. Giorgio, de retour, se venge en faisant à Neri une farce dont ce dernier se tire sain et sauf, mais où il perd pour toujours la femme qu'il aimait.*

L'HISTOIRE qu'on venait de raconter avait fait grand plaisir à tout le monde, et pendant que chacun vantait l'habileté et la malice du prêtre, qui, dans de si cruelles circonstances, avait su trouver et employer un si heureux expédient, Cintia, qui devait dire sa Nouvelle, se mit à parler gracieusement en ces termes : « Nobles » dames, je veux, pour ma part vous dire

» un fait honorable, mais extraordinaire, qui » s'est réellement passé en Lombardie ; » et elle continua :

Il y eut autrefois à Milan, grande et riche cité de Lombardie, deux amis nobles et riches ; l'un se nommait Neri Filipetri et l'autre Giorgio, fils de messer Giorgio ; ils étaient aussi liés que s'ils eussent été frères. Le hasard fit que tous deux étaient amoureux et qu'ils jouissaient heureusement de leurs amours ; ils ne se cachaient rien et se racontaient tout. Giorgio, qui aimait une dame veuve et de plus haut lignage, avait avec elle des relations plus difficiles et plus dangereuses ; Neri n'avait pas de trop grandes difficultés à surmonter, parce que son amie était fille d'un artisan.

Il arriva que Giorgio, obligé d'aller à Rome pour affaires sérieuses et d'y rester au moins de quatre à six mois, annonça son départ à sa dame, une nuit, entre autres, qu'il se trouvait avec elle ; il la pria chaudement de vouloir bien lui conserver son amour, comme il lui garderait le sien, et de lui écrire quelquefois; il lui dit à qui elle devrait remettre ses lettres : c'était à Neri, dont elle savait bien déjà qu'il était l'intime ami. Il devait aussi lui écrire, à elle, par cet intermédiaire, enseignant à Neri le moyen de la venir trouver en secret; il lui demandait de le recevoir à sa place et de lui dire toutes ses affaires : si elle avait besoin de n'importe quoi, il se chargeait de s'entendre avec son ami pour qu'elle eût pleine et entière satisfaction.

La dame, qui voulait beaucoup de bien au jeune homme, fut désolée au delà de toute expression d'être privée de sa présence; elle lui promit de faire tout ce qu'il voudrait et de n'avoir jamais d'autre plaisir que de lire ses lettres et de causer avec Neri. La conversation des deux amants fut longue; à la fin, Giorgio prit congé, et s'en alla, non sans bien des larmes. Le jour suivant, comme il devait partir, il appela Neri à part et lui dit tout ce dont il était convenu avec la dame; enfin il le pria de faire pour lui ce que lui-même ferait bien volontiers, à l'occasion, pour son ami. Neri ne demanda pas mieux et promit de s'acquitter consciencieusement de sa mission; alors Giorgio lui apprit comment il devait s'y prendre pour aller trouver sa veuve; il l'embrassa, le baisa, puis monta à cheval et prit la route de Rome.

Neri, resté seul, ne pensa d'abord qu'à se donner du plaisir et du bon temps avec sa bien-aimée; mais, la première fois que Giorgio lui écrivit, il s'en alla la nuit trouver dame Oretta (ainsi se nommait la veuve), et lui présenta les lettres de son ami en lui disant, après l'échange des compliments d'usage, qu'il viendrait la troisième nuit chercher la réponse. Après être resté assez longtemps avec elle et lui avoir offert ses services, il la quitta. Il alla la trouver ainsi trois ou quatre fois, toujours passant au moins deux heures avec elle à causer et à bavarder; comme il la trouvait gaie, extrêmement aimable, il eut un caprice pour elle, et, sans se soucier autrement de Giorgio ou de n'importe qui, il voulut chercher à savoir s'il pourrait par un moyen quelconque l'amener à exaucer ses désirs. Il se disait à part lui : « Si elle est sage, comme je le crois et comme elle devrait l'être, elle ne négligera pas le bien que la fortune lui présente; je ne veux pas pour cela chercher à l'enlever à son Giorgio; il ne saura jamais rien, et dès lors, on ne lui fait aucun tort. » Plein de cette espérance, et croyant avoir la dame à sa discrétion, une nuit qu'il lui portait des lettres de son Giorgio, il se décida, après une assez longue conversation, à lui ouvrir son cœur et à lui faire une longue déclaration. La dame, qui avait l'âme noble et le cœur bien placé, lui répondit avec hauteur; elle se mit en colère et lui dit les injures les plus grosses et les plus violentes que se soit jamais entendu adresser un homme qui les méritait. Neri, affligé et désolé de son erreur, lui demanda pardon, la pria au nom de Dieu de ne pas en écrire à Giorgio et de ne lui en rien dire à son retour, pour ne pas être cause d'une rupture entre eux, qui étaient si bons amis, et de quelque gros scandale que cela pourrait bien amener. La dame, qui était sage, sachant bien qu'ébruiter l'affaire ne pouvait que nuire à elle-même et à autrui, lui répondit qu'elle ferait certainement comme il le désirait; non pas que sa trahison, à lui Neri, ne méritât un châtiment, mais parce qu'elle était bonne et qu'elle entendait sauvegarder son honneur; elle ajouta que s'il voulait encore l'entretenir de pareils sujets, il ne devait plus reparaître devant elle. Neri lui fit mille protestations et mille serments, lui demandant mille fois pardon et faisant de sa vertu le plus vif éloge; quand il crut l'avoir apaisée, il lui dit adieu, et il la tint désormais pour une sage et constante maîtresse.

Il continua, selon son habitude, à lui porter des lettres et à en recevoir d'elle. Or, un soir, sans qu'on s'y attendît, Giorgio revint, juste au moment où l'on fermait la porte de la ville. Son retour fut vite connu de ses parents et de ses amis; Neri vint le voir et soupa avec lui; quand ils furent seuls, Giorgio se mit à causer et à demander des nouvelles de sa dame bien-aimée, qu'il ne voulait pas aller trouver cette nuit-là, parce qu'il se sentait las et fatigué. Neri lui répondit et lui donna une foule de détails; étant assez rusé, il voulut, à tout hasard, mettre les atouts de son côté, parce qu'il craignait que la dame ne dévoilât à son ami ses propositions malhonnêtes; il en vint donc à lui dire qu'il l'avait mise à l'épreuve, seulement pour voir si elle était fidèle, et qu'il avait cherché à l'amener à satisfaire ses désirs, bien décidé pourtant, si elle y consentait, à la réprimander, à lui adresser les reproches les mieux sentis; mais non moins résolu, si elle refusait, comme elle l'avait fait, à faire son éloge, à la porter aux nues et à la tenir à jamais pour une dame d'une sagesse et d'une continence exemplaires.

Cela déplut fort à Giorgio, bien qu'il n'en témoignât rien; il trouvait que ce n'était pas trop le fait d'un bon ami. Cependant il eut l'air de ne pas s'en soucier, mais ne put s'empêcher de se tourner du côté de Neri, avec un sourire narquois sous lequel on voyait percer la colère, et de lui dire : « Dis-moi un peu, » mon ami; et, si elle s'était rendue, que » serait-il arrivé? » Neri lui répondit : — « Je me serais laissé arracher le cœur » de la poitrine avant de te faire un si » sanglant outrage. — Tu as beau jeu » à parler ainsi, » répliqua Giorgio, « maintenant que tu n'as pas réussi. — » Ainsi, » reprit Neri, « voilà dans » quelle estime tu me tiens et ce que tu » penses de moi? » Et il se mit à faire toute sorte de protestations, à s'excuser comme jamais personne ne s'est excusé ; aussi Giorgio, qui le voyait mécontent, fit-il semblant de le croire, tout en lui conseillant de ne plus courir pareille aventure avec un ami ; ensuite, leur conversation terminée pour ce soir-là, ils allèrent se coucher.

Le lendemain matin, Giorgio et sa belle et chère dame se virent à leur aise. Oretta montra de loin à son amant le meilleur et le plus gai visage qu'il fût possible d'imaginer, et il lui semblait que mille ans devaient s'écouler avant que la nuit vînt. Quand elle fut enfin venue, Giorgio, choisissant l'heure favorable, alla trouver sa dame qui l'attendait avec impatience ; aussitôt, elle lui jeta les bras autour du cou et lui dit : « Sois le bienvenu, toi, le soutien de ma vie ! » Après qu'ils se furent bien baisés et qu'ils eurent un peu causé de Rome, ils se mirent au lit et jouirent l'un de l'autre à leur pleine satisfaction. Giorgio se leva et retourna chez lui une heure au moins avant le jour, et sa chère Oretta resta à dormir.

Le jeune homme fut fort étonné que la dame ne lui eût rien dit de Neri ; mais son étonnement fut plus vif encore quand, après s'être trouvé huit ou dix fois avec elle, il vit qu'elle ne lui en disait pas un mot : c'était parce qu'elle sentait bien qu'une confidence à ce sujet ne pouvait faire que du mal. Giorgio, de son côté, pour ne pas contrarier ou affliger Oretta, ne lui en avait pas parlé, et il était résolu à faire de même à l'avenir. Il en voulait cependant un peu à Neri et il était bien décidé à lui jouer quelque tour ; donc, un soir d'hiver, sachant que Neri était chez sa maîtresse, il alla trouver le père, qui était pharmacien, le prit à part, et, après lui avoir parlé de choses et d'autres, il en vint à lui dire que sa fille avait en ce moment même dans sa chambre un jeune homme qui était son amant. Le vieillard, qui avait nom Martinozzo, n'en voulait rien croire ; cependant Giorgio lui en dit tant, lui donna tant de preuves, qu'après avoir appelé un de ses fils, le pharmacien s'achemina furieux vers sa maison. Il arrivait à sa porte, transporté de rage, quand survint un autre de ses fils qui rentrait pour souper, car il était déjà près de trois heures. Celui-là était notaire et se nommait ser Michele. Martinozzo lui raconta tout de suite que sa bonne sœur avait dans sa chambre un ami qui y entrait le soir à une heure de nuit, et qui y restait presque jusqu'au jour : après cela la bonne femelle le faisait sortir par la fenêtre du jardin ; c'était Giorgio qui l'avait raconté, et il le tenait de Neri lui-même. Michele trouva que c'était bien vilain : aussi décidèrent-ils à eux trois qu'il fallait prendre Neri, et ils entrèrent doucement dans la maison ; après avoir fermé la fenêtre par où l'amoureux s'échappait, ils prirent leurs armes et coururent tous trois à la chambre de la jeune fille, où d'ordinaire ils n'entraient jamais ; ils ouvrirent la porte en criant et trouvèrent Neri caché sous le lit. Celui-ci, voyant les armes, se montra tout de suite et dit son nom. Martinozzo, qui n'était plus maître de lui, l'accabla d'injures et finit par lui dire que s'il voulait avoir la vie sauve, il fallait qu'il épousât sa fille. « J'ai bien de » la peine, » ajouta-t-il, « à me retenir » de te passer cette pertuisane à travers » la poitrine. » Neri, voyant le danger, dit qu il ferait tout ce qu'on voudrait. Alors, le vieillard fit appeler la Francesca, qui était sortie de la chambre en pleurant; enchantée d'avoir le jeune homme pour mari, elle fut épousée par Neri, qui lui donna l'anneau en présence de tous; ser Michele dressa le contrat, le fit signer par Neri, puis, joyeux et d'accord, ils allèrent tous souper ensemble. Après le repas, qui fut très gai, Neri voulut pour ce soir-là rentrer chez lui, remettant au lendemain de célébrer avec éclat les noces publiques; il fut accompagné jusqu'à sa demeure par ser Michele et par son frère.

Lorsque ceux-ci furent rentrés à la maison, ils se réjouirent de tout leur cœur avec leur père, qui, ne se tenant pas de joie, leur dit : « Voyez, la fortune » a voulu une fois enfin me favoriser et » vous aussi, mes enfants ; il nous fal- » lait, pour lui faire une dot, vendre nos » biens de campagne ou notre maison, » et Dieu sait comment nous nous se- » rions tirés d'affaire après cela ; tandis » que la voilà mariée, sans aucune dot, » à un jeune homme noble et riche. » Allons, tout le mal ne sera pas pour » nous : loué soit Dieu ! ce gaillard-là » aura, comme on dit, labouré son » champ et travaillé avec ses propres » outils. » Après avoir exprimé son bonheur par ces propos et par d'autres du même genre, il finit par aller dormir et ses fils aussi.

Le lendemain matin il se leva de bonne heure, et alla vite chez un frère de sa défunte femme qui avait nom Bartolo ; il le trouva encore au lit et lui dit gaiement : « Debout, lève-toi ; j'ai marié la » Francesca ; il faut que tu me donnes » des conseils, que tu m'aides à organiser les noces qui se font aujourd'hui. » Bartolo se leva en toute hâte et lui demanda à qui il l'avait donnée. — « A un riche et noble jeune homme, » répondit Martinozzo, « aussi riche et » aussi noble que n'importe quel autre » de cette ville ; enfin, pour ne pas te » faire languir, Neri Filipetri est son » mari. — Que dis-tu ? » s'écria Bartolo ; « Neri, fils de messer Tommaso » Filipetri, est son mari ? — Mais oui, » vraiment, » dit Martinozzo. — « Prends » garde de faire erreur, » répliqua Bartolo. — « Comment erreur ? » dit le père. Et pour lui faire tout comprendre, il lui raconta ce qui s'était passé. Alors Bartolo riant lui cria : — « Tu as été trompé » et déshonoré ; ah ! malheureux ! ne » sais-tu pas que ce Neri a femme et en-

» fants? — Comment, femme et en-
» fants? » dit Martinozzo; « oh! ce serait » du beau! — Oui, » reprit Bartolo, « Neri a chez lui une femme et deux » jeunes enfants, un garçon et une fille; » est-ce que tu comprends? — Hélas! » continua Martinozzo, « je suis ruiné et » déshonoré dès à présent, s'il en est » ainsi, mais je crois que tu radotes. » Bartolo, qui s'était habillé, lui répondit en ces termes : — « Sortons, et nous » verrons qui de nous deux radote. » Ayant quitté la maison, ils allèrent s'informer, et plusieurs personnes dignes de foi leur dirent, comme c'était la vérité, que Neri avait femme et enfants. Il était bien vrai que, comme il l'avait prise à Rome tout jeune encore, et qu'il avait eu deux enfants dans cette ville, son mariage n'était pas très connu dans le pays, surtout parce que sa femme, arrivée avec lui à Milan, y était tombée malade d'une fistule et n'avait jamais quitté le lit.

Martinozzo, bien sûr maintenant que

Bartolo avait dit vrai, s'en revint chez lui d'après le conseil de son parent. Il avertit ses fils de se taire, en leur contant la fourberie de Neri et l'outrage qu'ils en avaient reçu ; puis il se mit en route avec Bartolo pour aller le trouver dans sa maison. Le hasard fit que les deux hommes le rencontrèrent juste au moment où il allait sortir, de sorte que Martinozzo, l'ayant pris à part, se mit à se plaindre vivement de l'injure et de l'affront que Neri avait fait à sa famille ; il lui dit que ce n'était pas le fait d'un honnête homme de déshonorer une jeune fille sage, de prendre femme chez autrui, en ayant une chez soi ; il finit par le menacer de le dénoncer à l'Archevêque.

Neri commença par s'excuser ; il dit ensuite, dans les termes les plus aimables, que faire la cour aux jeunes filles et chercher à leur inspirer de l'amour fut toujours l'usage des gentilshommes ; enfin, il ajouta : « Je ne veux pas nier que j'aie » eu tort de prendre ce que je ne pour-

» rai jamais rendre, même si je le vou-
» lais ; néanmoins, je ne lui ai fait aucune
» violence, et nous avons d'un commun
» accord pris ensemble autant de plaisir
» l'un que l'autre : c'est chose ordi-
» naire et on ne peut plus naturelle ; il
» n'y a pas là un aussi gros péché que
» bien des gens veulent le dire. Vrai est
» qu'ayant une autre femme, je ne de-
» vais pas consentir à épouser celle-ci ;
» mais la peur que j'ai eue, en vous
» voyant armés et menaçants, m'y a
» contraint ; les contrats et les actes faits
» par force et violence n'ont aucune va-
» leur et ne tiennent pas ; et certaine-
» ment j'ai été appelé à ce que vous
» avez vu et j'ai dit oui, en vous laissant
» le soin de savoir si j'étais marié ou
» non, car vous ne me l'avez pas de-
» mandé. Ce qui est fait ne peut pas ne
» pas être fait ; il faut penser à l'avenir ;
» et pour vous montrer que je porte un
» très grand amour à la jeune fille, que
» je lui veux un bien infini, je vous en-

» gage à ne jamais parler de ce qui s'est » passé hier soir et à la marier le plus » tôt possible. Quand vous lui aurez » trouvé un mari, je m'engage à vous » donner cinq cents ducats pour vous » aider à lui faire une bonne dot et afin » que vous puissiez la mettre dans une » bonne situation; de tout ce qui s'est » passé et de tout ce qui pourrait encore » se passer entre elle et moi, je ne dirai » mot à âme qui vive, je vous le jure » par tout ce que j'ai de plus cher, la » grâce de Dieu. »

Il se tut; les deux hommes, trouvant qu'il avait bien sagement parlé, lui firent des remerciements à l'infini et se séparèrent de lui. Martinozzo rapporta les intentions de Neri à ses fils, qui en furent euchantés; ils cherchèrent à ranger à leurs vues la Francesca, qui, mise au courant du fait, voua une haine éternelle à son amant, et conçut contre lui une inimitié mortelle; à partir de ce jour-là, elle ne le regarda plus une seule fois en face.

Un mois ne s'était pas écoulé, qu'on mit la main sur un bonhomme qui voulait une femme; le père et les frères lui donnèrent la Francesca, en convenant d'une dot de huit cents ducats d'or ; ils comptaient en mettre seulement trois cents du leur et tirer le reste de Neri. Étant allé le voir, Martinozzo lui dit qu'il avait établi sa fille et lui rappela sa promesse. Neri, qui n'avait pas du tout l'intention de la tenir, lui répondit qu'il le reverrait et traîna l'affaire en longueur. A la fin, il prétendit qu'il avait réfléchi, et que, pour l'honneur de la jeune fille, il ne voulait pas lui donner les cinq cents ducats, parce que cela ferait naître des soupçons. Martinozzo, qui ne pouvait ni se plaindre, ni récriminer, pour ne pas déshonorer la jeune fille, fort mécontent du reste aussi bien que ses fils, prit le parti de rester coi pour ne pas ajouter un mal à un autre mal; comme Neri était gentilhomme, il se trouva fort heureux de son silence. Lorsqu'il voulut marier sa fille, il fallut qu'il vendît sa maison et qu'il lui donnât les huit cents florins.

Neri, ayant vu la fin de cette aventure, en causa secrètement avec son ami Giorgio, et se plaignit beaucoup d'avoir perdu sa bien-aimée. Cependant, comme le cas lui parut curieux, il changea le temps, le lieu et les noms, et le raconta plus tard mille fois comme une nouvelle.

DIXIÈME NOUVELLE

DAME MEA *vient à Florence pour toucher la dot de la Pippa, sa fille, mariée à Beco del Poggio; elle n'a pas son gendre avec elle et on lui conseille d'emmener à sa place Nencio dell' Ulivello, que la maîtresse de Pippa fait coucher avec celle-ci. Beco apprend cela plus tard, il se fâche avec la mère et la fille, et les fait citer au tribunal de l'évêque; mais le prêtre du pays arrange l'affaire (1).*

USSITOT que Cintia eut fini sa courte histoire, qui plut à tous et dont chacun fit le plus vif éloge, Giacinto, qui était le dernier à parler, se prit à dire avec des yeux riants : « Très aimables dames, » et vous magnifiques jeunes gens, je veux

(1) Cette Nouvelle a été imitée par Imbert (*Nouvelles Historiettes en vers*, III, 5 : *Les deux Maris*).

» suivre l'exemple de Cintia et expédier » promptement ma Nouvelle; Cintia, qui » est sage et avisée, a bien dû s'apercevoir » que l'heure du souper est déjà passée; » quant à moi, je ne m'en serais pas douté, » tant j'éprouve de plaisir et d'agrément à » entendre conter des histoires; je resterais » bien jusqu'à demain matin sans boire ni » manger; je ne le saurais même pas; mais, » à dire vrai, mon conte est court par lui- » même, la fortune m'a mieux servi en cette » occasion que ma sagesse; » et il continua :

Il y eut autrefois dans la via Ghibellina une veuve de la famille des Chiaramontesi, qui avait nom Margherita; cette veuve prit pour servante une petite paysanne, dès son jeune âge, avec cette condition que lorsque l'enfant aurait grandi et que le temps serait venu, elle se chargerait de la marier; elle se mit d'accord avec les parents pour lui donner cent cinquante livres de dot. La jeune fille devint grande, et, comme elle était bonne à marier, sa mère vint la chercher et la mena à Mugello, d'où elles étaient, avec la permission de dame Margherita qui leur avait dit que la dot était à leur disposition, pourvu qu'elles trouvassent un mari convenable.

Dame Mea (ainsi se faisait appeler la mère de la jeune fille), l'ayant emmenée avec elle, fit savoir dans le pays qu'elle voulait la marier; comme la jeune personne avait une bonne dot, qu'elle était appétissante, fraîche et robuste, elle eut à l'instant une foule de maris à choisir. Sa mère la donna, avec la dot ci-dessus indiquée, à un jeune homme qui se nommait Beco del Poggio, et qui voulut coucher avec elle le soir même du jour où il lui avait donné l'anneau, tout en se proposant bien d'aller sous peu de jours à Florence demander la dot à la veuve. Mais, sur ces entrefaites, il prit envie à Beco d'aller à la foire de Dicomano, pour y acheter des vêtements pour lui et pour sa femme; il dit donc à sa belle-mère et à sa femme d'aller trouver dame Margherita, de se faire donner la dot et de l'apporter à la maison, parce qu'il resterait trois ou quatre jours dehors avant de revenir; après cela, il partit et se rendit à la foire.

Le lendemain matin, de très bonne heure, dame Mea et sa fille se mirent en route, et arrivèrent vers les neuf heures dans la paroisse d'un prêtre, homme aimable et excellent, qui avait été leur curé; s'étant arrêtées auprès de lui, comme le faisaient presque tous les gens du pays, elles en furent très bien accueillies et restèrent à dîner. Il était justement arrivé là par hasard le matin un de leurs voisins, qui venait de Florence et s'en retournait chez lui; il se nommait Nencio dell' Ulivello. Quand on eut dîné et comme on était encore à table, le prêtre demanda par quel heureux hasard dame Mea allait à Florence; celle-ci répondit qu'elle allait y chercher la dot de sa fille qu'elle avait mariée, et elle lui dit à qui. Le messire lui demanda en riant : — « Où donc est Beco ? — Il » est allé à la foire, » répondit la dame, » à Dicomano, mais qu'importe qu'il y » soit ou non ? — Cela importe beau- » coup, » répliqua ser Agostino (tel était le nom du prêtre) ; « vous risquez de per- » dre vos pas : car si la maîtresse ne voit » pas le mari, elle ne voudra pas donner » l'argent et elle aura raison. — Nous » avons donc fait une belle affaire ! » dit alors Pippa (ainsi se nommait la jeune femme) ; « il nous faudra attendre que » Beco soit de retour et revenir avec lui ; » maudite soit notre étourderie ! — Eh ! » reprit le prêtre, « je veux vous donner » le moyen de n'être pas venues inutile- » ment : emmenez avec vous Nencio » que voici ; il ira volontiers pour vous » faire plaisir ; dites que c'est le mari ; » cette dame, qui ne l'a jamais vu, croira » cela facilement et vous donnera l'ar- » gent. »

L'arrangement plut beaucoup à Mea ; Nencio, pour rendre service au prêtre et aux dames, accepta tout simplement, ne croyant pas qu'il dût rien en résulter. On prit sans tarder le chemin de Florence et l'on arriva à la maison de la veuve, qui reçut avec joie ses visiteurs ; dame Mea lui dit en peu de mots que Nencio était le mari de la Pippa et qu'ils étaient venus chercher la dot. Dame Margherita, après avoir gracieusement touché la main des deux époux, répondit qu'elle était fort contente ; elle envoya aussitôt sa servante chercher un homme qui faisait ses affaires, pour qu'il apportât l'argent et pour que son monde, lestement expédié, pût s'en retourner ; en attendant elle les fit goûter et adressa bien des compliments à la Pippa et à Nencio, qu'elle croyait son mari, lui disant qu'il avait là une bonne fille, bien élevée, et l'engageant à lui faire fête ; Nencio faisait ses efforts pour paraître enchanté.

A la fin, après une longue attente, celui qui faisait les affaires de la veuve arriva ; celle-ci lui raconta tout et lui dit qu'il fallait donner cent cinquante livres à la Pippa pour s'acquitter avec elle, et les payer ici-même au mari, à titre de dot gagnée par sa femme. L'homme partit aussitôt et alla chercher l'argent chez le banquier; mais il fut vite de retour et il dit qu'il n'avait pas trouvé le caissier, qu'il fallait donc patienter jusqu'au lendemain matin, qu'il les expédierait de bonne heure.

Dame Margherita reprit alors la parole et dit : — « De toute façon, il est si tard » que vous ne rentreriez pas chez vous » avant le milieu de la nuit; il vaut donc » mieux que vous restiez ce soir avec » moi; la maison est bien assez grande » pour vous recevoir; vous devez être » fatigués, j'en suis sûre; et rien ne peut » venir plus à souhait, puisqu'ainsi je » jouirai encore un peu de ma chère » Pippa; Dieu sait quand je la reverrai » après cela! Je lui porte, moi qui l'ai » élevée, autant d'amour et d'affection » qu'à ma propre fille. » Dame Mea, ainsi que la jeune fille et Nencio aussi, sans y réfléchir davantage, acceptèrent l'invitation.

Le soir vint; la veuve avait fait préparer à souper. On se mit à table et on soupa très gaiement; mais quand il fut question d'aller au lit, dame Mea et la Pippa furent fort effrayées, parcequ'elles apprirent que dame Margherita avait fait préparer, dans une chambre du rez-de-chaussée, un lit qu'elle destinait aux époux; dame Mea devait coucher en haut avec la servante. Nencio éprouva de cet arrangement autant de plaisir et de satisfaction qu'elles en éprouvaient de douleur et de chagrin. Dame Mea répéta à bien des reprises qu'elle voulait coucher avec sa fille, mais la veuve le leur refusa à toutes deux, leur disant que chose pareille ne se demandait pas, que ce serait inconvenant, que Nencio tiendrait à sa femme aussi bonne compagnie à Florence qu'à la campagne; enfin, dame Mea fut forcée, pour que la veuve ne s'aperçût pas que Nencio n'était pas le mari de sa fille, pour n'être pas prise en flagrant délit de mensonge, de consentir à tout. Elle alla avec Nencio et la Pippa dans leur chambre, et, dès qu'elle y fut, elle se jeta à genoux devant Nencio en le priant, pour l'amour de Dieu, de ne rien dire à sa fille de toute la nuit; Nencio le promit sur sa foi.

Dame Mea, contente, retourna dans la salle et alla dormir avec la servante; dame Margherita en fit autant de son côté. Quand dame Mea fut partie, Nencio ferma bien la porte en dedans et se mit à se déshabiller, regardant toujours la Pippa, qui avait l'air sérieux, mais qui riait sous cape et faisait mine de vouloir dormir habillée plutôt qu'autrement, car elle ne commençait pas à se délacer. Nencio lui dit qu'il ne la mangerait pas et finit par l'ensorceler si bien, qu'elle se déshabilla en un instant et entra au lit avant lui; alors Nencio joyeux éteignit la lumière et se coucha auprès d'elle; ils restèrent quelque temps sans se rien dire, puis Nencio étendit un pied et toucha Pippa au côté: celle-ci, sans rien dire, le griffa légèrement; Nencio se mit à la chatouiller, elle lui en fit autant. A force de jouer, le gaillard, toujours sans dire un mot, sauta sur la dame; il reçut d'elle et elle de lui ce plaisir, cette jouissance, que prennent ensemble mari et femme.

Dès que Nencio se fut remis auprès de la Pippa, elle fut la première à parler, et elle lui dit en souriant : « Ah! Nencio, » c'est ainsi que tu observes la foi jurée » à ma mère et que tu tiens tes ser- » ments ? Je ne l'aurais jamais cru, et je » ne suis restée tranquille que pour voir » si tu étais capable d'y manquer; mais » je suis bien aise de t'avoir connu, cela » me servira pour une autre fois. » Nencio lui répondit en riant : — « Je » n'ai pas violé la foi jurée, je n'ai man- » qué de parole à personne; il est vrai » que j'ai promis à ta mère de ne te rien

» dire, et j'ai tenu ma promesse : que » t'ai-je dit ? » Il se rapprocha d'elle, car le jeu lui plaisait, et, toujours à la muette, déchargea de nouveau son arbalète, puis il s'occupa de dormir. Le lendemain matin, les deux jeunes gens, réveillés de bonne heure, prirent deux autres fois ensemble le même plaisir.

Sur ces entrefaites, dame Mea s'était levée et elle avait reçu de dame Margherita deux couples d'œufs frais pour les porter aux époux ; elle les prit, pour ne faire semblant de rien, et les leur porta, bien qu'elle pensât qu'ils n'en avaient pas besoin ; elle entra dans la chambre et trouva sa fille, qui avait achevé de s'habiller ; mais Nencio était encore au lit. Elle leur dit en riant : « Voyez si dame » Margherita est une bonne femme et si » elle est aimable ; elle vous envoie jus- » qu'à des œufs frais, pensant que vous » avez besoin de vous réconforter. Mais » dis-moi un peu, toi, » demanda-t-elle à sa fille, « quelle compagnie t'a faite

» cette nuit Nencio ? — Très bonne, »
répondit la Pippa ; « il a tenu exactement
» ce qu'il vous avait promis ; aussi je ne
» puis que me louer extrêmement de lui,
» et je lui suis reconnaissante à jamais.
» — Que Dieu l'en récompense ! »
s'écria dame Mea, « et qu'il en fasse
» profiter son âme ! mais que vais-je faire
» de ces œufs que j'ai en main ? —
» Donnez, » dit Nencio, « je les boirai
» pour plus de vraisemblance. » Il s'en
fit donner une couple et les goba d'un
trait ; il allait engloutir encore les deux
autres, quand la Pippa lui dit : — « Eh !
» gourmand, je veux ces deux-là pour
» moi. » Elle les prit des mains de sa
mère et les but ; puis les deux dames,
ayant laissé Nencio s'habiller, allèrent
dans la salle ; elles y étaient depuis peu,
quand arriva l'homme aux écus ; il compta
à Nencio, qui était déjà monté, cent cinquante livres de bon argent en paiement
de la dot de la Pippa, servante de dame
Margherita, comme s'il eût été le véri-

table époux ; il les inscrivit sur son livre et s'en alla. Dame Mea mit cet argent dans un sac qu'elle avait apporté avec elle ; on but un peu ; puis Mea, la Pippa et Nencio, ayant pris congé, se séparèrent joyeux et contents de dame Margherita. Ils s'en retournèrent de compagnie à Mugello, sans avoir dit un seul mot au prêtre, qu'ils n'avaient pas trouvé chez lui ; là, chacun rentra dans sa maison, non sans que dame Mea et sa fille eussent d'abord remercié Nencio du service qu'il leur avait rendu.

Deux jours après, Beco, revenu de la foire, trouva sa belle-mère qui avait fait le recouvrement de la dot ; il fut content, et sans penser à autre chose, il s'occupa de faire ses affaires et de jouir de sa Pippa.

La Saint-Jean venue, il se rendit à Florence pour porter deux oies à son propriétaire, qui était justement parti par hasard la veille pour le Val d'Elsa, où il devait passer quelques jours avec son frère, qui avait une charge à Certaldo; toute la famille était partie et la maison était fermée. Ne sachant que faire de ses oies, Beco forma le projet de les porter à dame Margherita, autrefois maîtresse de sa Pippa, dont il savait bien le nom et l'adresse; il trouvait qu'elle s'était conduite avec générosité en remettant la dot à sa femme sans qu'il fût présent, et il se disait : « Comme cela je la connaîtrai et je m'acquitterai en partie de ce que je lui dois.» Il se mit donc en route, et, aussitôt arrivé, frappa à la porte. La servante, le voyant avec ces oies dans les bras, dit à dame Margherita : « C'est « un paysan, » et tira le cordon. Beco, à son entrée dans la salle, fit une belle révérence, salua dame Margherita et lui dit : « Je suis le mari de votre ancienne » servante, et je vous apporte ces deux » oies, afin que vous vous en régaliez » pour l'amour de nous. » La dame, après l'avoir regardé bien en face, lui répondit : — « Bonhomme, prends garde

» de ne pas te tromper de nom ou d'a-
» dresse; qui t'envoie, où dois-tu aller? »
Beco répliqua : — « N'est-ce pas vous
» qui êtes dame Margherita Chiaramon-
» tesi, qui avez élevé la Pippa, et qui, il
» il n'y a pas encore dix mois, lui avez
» donné cent cinquante livres pour sa
» dot? — Si, c'est bien moi, » dit la
veuve. — « Eh bien, je suis le mari, »
reprit Beco. — « Comment! » continua
la dame, « mais tu n'es point du tout le
» mari de ma Pippa! — Pourquoi ne le
» suis-je pas? » s'écria Beco; « je sais
» cependant bien que j'ai couché avec
» elle cette nuit et que je l'ai laissée ce
» matin à la maison au moment où elle
» allait se laver la figure pour se faire
» belle en ce jour de fête. — Com-
» ment, bon Dieu! » reprit dame Margherita presque en colère, « tu es son
» mari! Je sais bien que lorsque la
» Pippa est venue chercher sa dot, celui
» qui était avec elle n'était pas fort
» comme toi; je l'ai bien vu peut-être;

» je sais aussi que le soir je les ai mis » coucher ensemble, et que, le matin, » celui qui accompagnait Pippa a em- » porté la dot en compagnie de dame » Mea, mère de la petite. » Alors Beco se mit à crier à haute voix : « Oh! j'ai » été trompé! » Il causa ensuite plus à l'aise avec dame Margherita, se fit renseigner ponctuellement sur tout, et acquit, en rapprochant les données de temps, de tournure, de visage et de nom, la certitude que celui qui s'était fait passer à sa place pour le mari de la Pippa était Nencio dell'Ulivello. Mais tout cela lui importait peu : ce qui était grave, c'est que Nencio eût couché une nuit seul avec elle; il lui semblait, et à la veuve aussi, que c'était là la chose la plus bizarre et la plus extraordinaire du monde.

Laissant là ses oies, sans avoir voulu manger ni boire, il partit en proie à la rage et à la jalousie; il marcha tant qu'il arriva le soir à sa maison. A la première personne qu'il vit (ce fut dame Mea), il dit une grosse injure; il fit de même pour sa femme qui était vite accourue. Les deux femmes s'excusèrent, disant qu'elles avaient été conseillées par le prêtre, et que Nencio n'avait rien fait autre chose que dormir avec la Pippa. Mais Beco ne pouvait se consoler; il trouvait qu'elles l'avaient déshonoré, et il entra dans une si grosse colère qu'il prit un bâton pour leur rompre les os; cependant il se retint par crainte de la justice; mais il les mit dehors en leur disant de s'en retourner dans leur maison, qu'il ne voulait pas de cette ordure auprès de lui, et, après avoir bien fermé la porte, il se mit au lit sans souper.

Les deux femmes, bien affligées, allèrent non loin de là chez un frère de dame Mea. Quant à Beco, il ne put fermer l'œil de la nuit, ne cessant de penser à sa Pippa; il résolut en lui-même de ne pas la reprendre, de s'en aller à l'évêché et de faire poursuivre Nencio comme adultère. Le matin, au point du jour, il sauta hors de son lit et, entraîné par une colère effrénée plutôt que par un sentiment raisonnable, il s'achemina en criant vers Florence; tout le long de sa route, à toutes les personnes qu'il rencontrait, il se plaignait de sa femme; enfin il arriva à l'évêché et y formula son accusation. Le jour même, Nencio dell' Ulivello et la Pippa furent requis de se présenter, de sorte que le lendemain matin, avant la neuvième heure, ils étaient à Florence pour se défendre, bien résolus tous deux à nier et à dire que Nencio avait dormi dans son coin. Ils étaient déjà à l'évêché et allaient y entrer, quand ils virent justement ser Agostino, qui y était venu pour ses affaires et en était quitte; fort étonné de voir là Nencio et la Pippa, il leur demanda ce qu'ils y venaient faire. Nencio lui ayant raconté la chose tout au long, le prêtre ne put s'empêcher d'en rire; et quand il vit Beco, qui venait pour le même motif, il le prit à part, lui reprocha vivement d s'être si sottement conduit, de s'être laissé entraîner par la colère; il lui dit que Nencio avait tout fait pour son bien, pour lui faire plaisir à lui et aux dames; qu'il n'avait jamais eu à faire à la Pippa : « Vous pouvez m'en croire, » ajouta-t-il, « car j'ai confessé Nencio le carême » dernier. » Enfin, il lui prouva par mille raisons que c'était folie de sa part; que, de quelque manière que l'affaire tournât, il ne pouvait lui en arriver que du mal; enfin, il fit tant, qu'il l'amena à pardonner à la Pippa et à faire la paix avec Nencio. Il entra ensuite chez le vicaire, avec qui il entretenait des relations très amicales, et fit en sorte que l'affaire fût assoupie; puis tous ensemble s'en allèrent d'accord passer la soirée à l'église du prêtre.

Mais Beco, qui ne pouvait oublier tout à fait cette nuit que Nencio avait passée avec sa femme, demeurait toujours un peu fâché. Alors, ser Agostino, pour ramener la paix et réconcilier tout à fait les deux hommes, fit promettre sous la foi du serment à Nencio que quand il se marierait; il permettrait à Beco de coucher une nuit avec sa femme, mais sous cette condition qu'il ne lui dirait rien, et seulement pour lui permettre de répondre aux gens : — « Si Nencio a dormi avec » ma femme, moi, j'ai dormi avec la » sienne. » De cette manière, il y aurait compensation entre eux. Après s'être bien réconciliés, et avoir dit adieu au prêtre, ils s'en allèrent tous le matin et chacun rentra chez soi; mais tant que Beco vécut, Nencio ne voulut jamais prendre femme, car il se tenait pour assuré que celle qu'il prendrait ne vaudrait pas mieux que la Pippa.

La Nouvelle de Ghiacinto fut écoutée avec une grande attention et fit beaucoup rire; quand elle fut achevée, Amaranta se leva lestement toute souriante, appela les domestiques et les servantes, fit allumer vivement des lumières, et s'en alla avec les dames dans les chambres d'en haut; son frère accompagna les jeunes gens dans celles d'en bas. Chacun ayant fait ce qu'il avait à faire, dames et jeunes gens, tous d'une gaieté folle, vinrent dans la salle où ils trouvèrent non seulement les tables dressées, mais encore les mets préparés; après s'être un peu réchauffés et s'être lavé les mains, ils se mirent à table et soupèrent joyeusement. Ensuite, on enleva les nappes en laissant seulement le fenouil et le vin, et la joyeuse société devisa longtemps des Nouvelles qui avaient été racontées, du plus ou moins de beauté de chacune d'elles. Enfin, on se mit autour du feu, tout le monde joyeux et content. Et comme les Nouvelles de la soirée suivante devaient être très longues, on convint de commencer un peu plus tôt et d'en dire cinq avant et cinq après souper, car on pouvait bien veiller un peu la nuit du Jeudi-Saint et aller se coucher plus tard que d'habitude. Les dames, ayant pris congé des jeunes gens, montèrent avec Amaranta dans leurs chambres et se mirent au lit; les jeunes firent de même : quelques-uns restèrent couchés dans la maison; les autres, bien accompagnés, s'en retournèrent chez eux.

LES SOUPERS DU LASCA

TROISIÈME SOUPER

DIXIÈME NOUVELLE (1)

LAURENT LE VIEUX *de Médicis, un soir après souper, fait secrètement conduire dans son palais, par deux hommes travestis, maître Manente ivre; il le retient longtemps là et ailleurs dans l'obscurité, sans lui laisser savoir où il est, en lui faisant porter à manger par deux hommes masqués. Ensuite, par l'entremise du bouffon Monaco, il donne à croire à tout le*

(1) Les neuf premières Nouvelles de ce troisième Souper sont perdues.

monde que Manente est mort; pour preuve, il fait sortir un mort de sa maison et le fait enterrer sous son nom. Ensuite le Magnifique fait transporter ailleurs Manente d'une manière extraordinaire; ce dernier, qu'on croyait mort, arrive à Florence, où sa femme, croyant que c'était son âme qui revenait, le chasse comme un esprit. Le peuple accourt, et il n'y a que Burchiello qui le reconnaisse; il plaide contre sa femme, d'abord devant l'évêque, ensuite devant les Huit; la cause est remise au jugement de Laurent, qui fait venir Nepo da Galatrona et qui montre à tous que ce qui est arrivé au médecin est le résultat d'enchantements; Manente rentre en possession de sa femme et prend pour patron San Cipriano.

A Nouvelle de Ghiacinto, qui avait beaucoup réjoui la compagnie et l'avait bien fait rire, étant terminée, Amaranta, qui était la dernière à devoir conter une Nouvelle, s'exprima gentiment en ces termes : « Je vais, gracieuses dames et aimables jeunes gens, » vous raconter un tour qui, pour n'avoir

» pas été organisé par le Scheggia, ni par
» Zoroastro, ni par aucun de leurs amis, ne
» vous en paraîtra, je pense, ni moins bon,
» ni moins bien imaginé qu'aucun de ceux
» qui ont été racontés par vous dans cette
» soirée ou dans la précédente. Il a été joué
» par Laurent le Vieux de Médicis, dit le
» Magnifique, à un médecin des plus pré-
» somptueux du monde, comme vous allez
» le savoir bientôt. Il a donné lieu à tant
» d'aventures, à tant d'évènements divers, à
» tant de cas bizarres, que si jamais vous
» avez ri, si jamais vous avez été étonnés,
» vous rirez encore et serez étonnés cette
» fois-ci. » Et elle continua :

Laurent le Vieux de Médicis fut, je n'ai pas besoin de vous le dire, car vous le savez tous, non seulement parmi les hommes les plus remarquables et les plus distingués, mais encore parmi ceux qui aiment et récompensent le mérite, un des plus glorieux que le monde ait jamais possédés, peut-être le premier de tous. Il y avait de son temps, à Florence, un médecin nommé maître Manente, de la paroisse de Santo Stefano, qui exerçait la médecine et la chirurgie, mais qui était plus riche de pratique que de science; c'était un homme fort amusant et très drôle, mais si insolent et si présomptueux qu'il n'y avait pas moyen de discuter avec lui. Entre autres choses, il aimait extraordinairement le vin, il faisait profession de s'y connaître et d'être un grand buveur; souvent, sans être invité, il s'en venait dîner et souper avec le Magnifique, qui l'avait tellement pris en grippe à cause de son insolence et de son importunité, qu'il ne pouvait le voir; il avait résolu en lui-même de lui jouer un tour de haut goût, de manière à le chasser de chez lui pour longtemps, sinon pour toujours.

Un soir, il apprit que maître Manente avait tant bu et s'était enivré de telle sorte, qu'il ne tenait plus debout et que le cabaretier, voulant fermer sa boutique et le voyant abandonné par ses compagnons, l'avait fait porter dehors par les garçons et mettre sur un des bancs qui longent les boutiques de San Martino. Manente s'y était endormi si fort qu'un coup de canon ne l'aurait pas éveillé, et il ronflait comme une toupie. L'occasion parut favorable à Laurent de Médicis. Faisant semblant de ne pas avoir entendu ce qu'on disait et d'avoir d'autres préoccupations, il eut l'air de vouloir aller se coucher, parce qu'il était fort tard (comme il dormait peu, de sa nature, il était toujours presque minuit quand il gagnait son lit), et il fit appeler en secret deux de ses plus intimes affidés, auxquels il dit ce qu'ils avaient à faire.

Les deux hommes, étant sortis du palais encapuchonnés et méconnaissables, allèrent, comme leur maître le leur avait ordonné, à San Martino, où ils trouvèrent maître Manente endormi ainsi qu'on le leur avait dit. Ils le saisirent, et, comme ils étaient forts et vigoureux, le mirent droit sur ses pieds, l'encapuchonnèrent bien et l'emmenèrent presque en le portant. Le médecin, ivre de sommeil autant que de vin, se sentant emmener, crut que c'étaient les garçons du cabaretier ou bien ses compagnons et ses amis qui le ramenaient chez lui ; aussi, tout endormi et ivre autant qu'un homme ait jamais pu l'être, il se laissa guider par ses conducteurs qui, après avoir un peu erré dans Florence, finirent par arriver au palais de Médicis. S'étant assurés qu'on ne les voyait pas, ils y entrèrent par une porte de derrière et pénétrèrent dans une cour, où ils trouvèrent le Magnifique qui les attendait tout seul, ne se tenant pas de joie. Ils montèrent ensemble les premiers degrés et passèrent par une soupente qui était au milieu de la maison pour arriver dans une chambre secrète où, par ordre de Laurent, ils déposèrent maître Manente sur un lit de plumes bien battu ; toujours le visage caché, ils le mirent en chemise. L'ivrogne avait à peine senti quelque chose et s'était laissé déshabiller aussi facilement qu'un mort. Puis ils emportèrent tous ses habits et le laissèrent là bien enfermé.

Le Magnifique, leur ayant de nouveau recommandé de se taire, leur fit ranger les vêtements du médecin et les envoya tout de suite chercher le bouffon Monaco qui, mieux que personne au monde, savait contrefaire les gens et leur manière de parler. Le bouffon se présenta vite et fut emmené dans la chambre par Lorenzo qui, après avoir congédié ses affidés et les avoir envoyés dormir, expliqua au Monaco ce qu'il attendait de lui et s'en alla au lit tout joyeux. Le Monaco, ayant pris tous les habits du médecin, rentra secrètement chez lui, se déshabilla et se couvrit des pieds à la tête des vêtements qu'il avait apportés; puis il sortit sans rien dire à personne et s'en alla au moment où on sonnait déjà partout les Matines à la maison de maître Manente, qui demeurait alors dans la Via de'

Fossi. Comme on était en Septembre, le médecin avait toute sa famille, c'est-à-dire sa femme, une jeune fille et la servante à la campagne à Mugello; il était seul à Florence et ne rentrait chez lui que pour dormir, mangeant toujours à la taverne avec des camarades ou bien chez ses amis. De sorte que Monaco, vêtu de ses habits, muni de son escarcelle dans laquelle il avait trouvé la clef, ouvrit facilement; après cela, il ferma soigneusement la porte, et, tout joyeux de faire ce que voulait le Magnifique en bafouant le médecin, il alla se mettre au lit.

Le jour ne tarda pas à paraître. Le Monaco, ayant dormi jusqu'à trois heures, se leva et revêtit les habits du médecin; il se mit une grande simarre par-dessus le pourpoint, un grand chapeau sur la tête, et, contrefaisant la voix de maître Manente, il appela par la fenêtre de la cour une de ses voisines, en disant qu'il se sentait un peu mal à son aise et qu'il souffrait de la gorge; il avait eu soin de se garnir le cou d'étoupe et de laine crasseuse. On avait alors, à Florence, quelques raisons de craindre la peste : il y en avait eu, les jours précédents, quelques indices; aussi la bonne femme, soupçonnant qu'il en était atteint, lui demanda ce qu'il voulait. Le Monaco la pria de lui donner une couple d'œufs frais et un peu de feu, et se recommanda à elle, lui disant qu'il ne pouvait plus se tenir debout, comme en effet il en avait l'air; enfin il quitta la fenêtre. La bonne femme alla chercher des œufs et du feu; puis elle l'appela plusieurs fois pour lui dire qu'elle allait mettre tout cela sur le pas de sa porte, et qu'il eût à le prendre; elle fit en effet ce qu'elle avait dit. Notre homme, tout joyeux, vint à la porte avec la simarre de Manente et son grand chapeau rabattu sur les yeux, comme s'il eût été le médecin lui-même; il prit les œufs et le feu et rentra, paraissant ne plus pouvoir se soutenir et le cou tout entortillé; aussi presque tous ses voisins, fort désolés, furent persuadés qu'il devait avoir une tumeur de peste.

Le bruit s'en répandit aussitôt dans la ville, et un frère de la femme de maître Manente, qui était orfèvre et qui s'appelait Niccolajo, accourut en toute hâte pour savoir ce qu'il en était; il eut beau frapper à la porte et frapper encore, on ne lui répondit pas, parce que le Monaco faisait la sourde oreille; mais les voisins lui dirent que, sans aucun doute, le médecin avait la peste. A ce moment même, sans faire semblant de rien, Laurent vint à passer à cheval en compagnie d'une foule de gentilshommes; voyant un rassemblement de monde, il demanda ce que cela voulait dire. L'orfèvre lui répondit qu'il craignait bien que maître Manente n'eût la peste, et il lui raconta exactement tout ce qui s'était passé jusque-là. Le Magnifique dit alors qu'il fallait mettre quelqu'un auprès de lui pour le soigner, et il commanda à Niccolajo d'aller de sa part à Santa Maria Nuova et de se faire donner, par le directeur de l'hôpital, un servant expert et capable. L'orfèvre partit en courant; il s'acquitta de sa commission auprès du directeur et en reçut un servant que Laurent avait instruit et informé de ce qu'il devait faire. Le servant arriva juste au moment où Laurent, qui avait fait demi-tour, les attendait au coin du faubourg Ognissanti; il vint à cheval au-devant d'eux, fit semblant de faire des conventions avec le servant, auquel il recommanda chaudement maître Manente, puis il le fit entrer dans la maison dont il avait fait ouvrir la porte par un serviteur. Après être resté quelque temps à l'intérieur, le servant se mit à la fenêtre et dit que le médecin avait au cou un bubon gros comme une pêche, qu'il ne pouvait pas bouger de son lit où il gisait à demi-mort, mais que les soins ne lui manqueraient pas. Laurent, après avoir donné ordre à l'orfèvre d'apporter à manger pour le malade et pour l'infirmier, et avoir fait mettre à la porte le signe qui indiquait les maisons pestiférées (1), continua sa route en faisant voir son chagrin par ses paroles et par ses actes. Le servant alla retrouver le Monaco, qui riait de tout son cœur et ne se tenait pas de joie; l'orfèvre leur ayant apporté de la nourriture en abondance, et eux-mêmes ayant trouvé dans la maison de la viande sèche, ils décoiffèrent une bouteille de bon vin et firent le soir excellente chère.

Cependant, maître Manente, après avoir dormi une nuit et un jour, se réveilla. Voyant qu'il était au lit et dans l'obscurité, il ne sut que s'imaginer, ni s'il était chez lui ou dans la maison d'un autre; il se mit à réfléchir et se rappela qu'à l'auberge il avait bu en dernier lieu avec Burchiello, Succia et Biondo le

(1) C'était une longue bande d'étoffe qu'on appelait *la banda*.

courtier, qu'après cela il s'était endormi et qu'il lui semblait qu'on l'avait ramené dans sa maison; alors, il se jeta à bas du lit et se dirigea à tâtons du côté où il croyait trouver une fenêtre; mais il ne la trouva pas, et il continua à chercher en tâtonnant, si bien qu'il finit par trouver le retrait; il y pissa, car il en avait un extrême besoin, et se mit à son aise; puis, en tournant dans la chambre, il revint à son lit, plein de frayeur et d'étonnement, ne sachant pas lui-même dans quel monde il était, et il se mit à repasser dans sa pensée tout ce qui lui était arrivé. La faim commençait à se faire sentir; il fut plusieurs fois tenté d'appeler, mais la peur le retint et il se tut, attendant ce qui allait lui arriver.

Pendant ce temps-là, Laurent avait réglé ce qu'il entendait faire. Ses deux affidés s'étaient déguisés en secret avec des vêtements de moines, de ces vêtements blancs qui descendent jusqu'à terre; ils s'étaient mis sur la tête chacun une grosse tête en carton, comme il y en a dans la Via de' Servi, qui semblent rire; elle leur venait jusqu'aux épaules. Ils les avaient prises, ainsi que les habits de moines, dans la garde-robe, où il y avait une infinité de vêtements de toutes sortes et même de masques qui avaient servi pour les fêtes du carnaval; l'un avait une épée nue à la main droite et tenait de la main gauche une grande torche blanche allumée; l'autre avait emporté avec lui deux bouteilles de bon vin, et, enveloppés dans une serviette, deux pains, deux chapons gras froids, une pièce de veau rôtie et les fruits que comportait la saison. Laurent les fit aller doucement vers la chambre où était enfermé le médecin. Comme cette chambre se fermait du dehors, ils tirèrent violemment le verrou et la porte s'ouvrit; aussitôt entrés, ils refermèrent vite la porte; celui qui avait en main la torche et l'épée se mit tout près d'elle, afin que le médecin ne pût pas y courir et l'ouvrir.

Quand maître Manente entendit toucher à la porte et tirer le verrou, il eut grand'peur et se mit sur son séant; mais, lorsqu'il vit entrer deux personnages si bizarrement accoutrés, dont l'un portait à la main une épée qui flamboyait, il fut saisi de tant de frayeur et d'étonnement qu'il voulut crier et que la parole expira sur ses lèvres. Éperdu, stupéfait, craignant fort pour sa vie, il attendait ce qui allait advenir de lui, quand il vit l'autre homme, celui qui portait de quoi manger, ouvrir cette serviette sur une table qui était en face du lit et y poser le pain, la viande, le vin, les bouteilles, toutes les autres choses à mettre sous la dent, et lui faire signe de venir manger. Le médecin, qui mourait de faim, se leva et s'approcha, en chemise et pieds nus, comme il était, de la table; mais l'autre lui montra un manteau et une paire de pantoufles qui étaient sur un lit de repos, et il fit tant de signes que maître Manente les mit et commença à manger du meilleur appétit du monde. Alors, les deux affidés, rouvrant la porte, sortirent de la chambre en un clin d'œil; ils le laissèrent là sans lumière; puis ils allèrent se déshabiller et faire leur rapport au Magnifique.

Maître Manente, qui sut bien trouver sa bouche dans l'obscurité, avala les chapons et le veau, but à la bouteille et bâfra tant qu'il put, se disant à part lui : « Enfin, il n'y aura pas que du mal pour moi; arrive que voudra, je sais que si je dois mourir, je mourrai au moins le ventre plein. » Il rassembla le mieux qu'il put les restes de son festin, les enveloppa dans la serviette et s'en retourna à son lit; il lui semblait bien étrange d'être seul ainsi dans l'obscurité et de ne savoir ni comment ni par qui il avait été conduit là où il était, ni quand il en sortirait. Cependant, en se rappelant ces grosses têtes de carnaval qui riaient, il riait en dedans lui aussi, et se trouvait fort satisfait de la bonne chère qu'il avait faite. Surtout il appréciait beaucoup le vin, dont il n'avait bu guères moins d'une bouteille; il espérait fermement que c'étaient ses amis qui le traitaient ainsi, et il tenait pour certain qu'il ne tarderait pas à sortir et à reparaître dans le monde. Là-dessus, il s'endormit.

Le matin, de bonne heure, le servant se mit à la fenêtre et dit publiquement au voisinage et à l'orfèvre que maître Manente avait bien reposé la nuit, que le bubon sortait, qu'il le soignait en y mettant des emplâtres et qu'il avait bon espoir. Le soir venu, le Magnifique, voulant continuer à exécuter ses projets et ayant eu une occasion excellente et comme à souhait, fit dire au Monaco et au servant ce qu'ils avaient à faire; voici ce que c'était : Ce jour-là même, vers les trois heures, un maquignon, qui se nommait le Franciosino, en manœuvrant et en faisant courir un cheval sur la place de Santa Maria Novella, tomba avec le cheval; comment cela se fit-il? on n'en sait rien, mais il se cassa le cou et le cheval n'eut aucun mal. Les personnes qui étaient accourues pour lui venir en aide et le relever, l'ayant trouvé privé de sentiment, le prirent à bras et le portèrent là auprès à l'hôpital de San Pagolo; on le déshabilla pour le faire revenir à lui et on le trouva mort, le cou disloqué. Quelques-uns de ses amis, ayant fait argent du peu de vêtements qu'il avait sur le dos, le firent enterrer le soir par les frères de Santa Maria Novella, car il était étranger, et le hasard fit qu'on le mit dans une de ces tombes qui sont en dehors de l'église, en haut des degrés, en face de la porte principale.

Le Monaco et ses compagnons avaient bien compris les intentions de Laurent. Le soir, à l'heure de l'*Ave Maria,* le servant vint à la fenêtre en criant et en disant qu'il était arrivé au médecin un accident si grand qu'il désespérait de sa vie; que le bubon lui avait serré la gorge à tel point qu'il pouvait à grand'peine reprendre son haleine, mais non point parler. Le beau-frère, qui était là, voulait que Manente fît son testament, mais le servant répondit que ce n'était pas possible pour le moment, et que si cela allait un peu mieux le lendemain matin, on le ferait tester, se confesser et communier.

Sur ces entrefaites, la nuit vint; quand il s'en fut écoulé les deux tiers, les deux affidés allèrent secrètement, par ordre du Magnifique, en haut du cimetière de Santa Maria Novella, à la tombe où avait été ce même jour enterré le Franciosino; ils l'en sortirent, le prirent sur leurs épaules et le portèrent dans la Via de' Fossi à la maison de maître Manente. Le Monaco et le servant, qui les attendaient à la porte, prirent doucement le corps et le mirent dans l'intérieur; puis les deux affidés s'en allèrent sans avoir été vus de personne. Le Monaco et le servant, après avoir fait bon feu et bien bu, firent un habit au mort avec un beau drap neuf; ils lui entourèrent le cou d'étoupe imbibée de graisse, lui rendirent, à force de le battre, le visage enflé et meurtri, et l'arrangèrent étendu sur une table au milieu de l'appartement d'en bas; ils lui mirent sur la tête un bonnet que maître Manente avait coutume de porter à Pâques, et, après l'avoir couvert de feuilles d'oranger, s'en allèrent dormir.

Le jour ne fut pas plus tôt venu que le servant apprit en pleurant, au voisinage et à tous les passants, que maître Manente était passé de vie à trépas à la pointe du jour; le bruit s'en répandit à l'instant dans Florence, si bien que l'orfèvre accourut et apprit au servant tous les détails. Comme il n'y avait plus de remède, on résolut de le faire enterrer; l'orfèvre le dit aux officiers de la santé et on fixa la cérémonie à vingt-trois heures; on prévint encore les frères de Santa Maria Novella et les frères de San Pagolo, de sorte qu'à l'heure dite tout fut prêt. Dès que les frères et les prêtres furent passés, les fossoyeurs, les suivant à une assez longue distance, enlevèrent de la maison et de l'appartement d'en bas le maquignon Franciosino à la place de maître Manente, médecin, persuadés que c'était sans doute ce dernier qu'ils emportaient; tous ceux qui le virent en crurent autant, quoiqu'il parût bien changé à tout le monde; mais on pensait que cela provenait de la maladie et on se disait les uns aux autres : « Regarde » comme il est couvert de taches. Je » saurais bien dire de quelle maladie il » est mort. » Sans entrer dans l'église où les prêtres et les frères chantaient encore et faisaient les cérémonies habituelles, les fossoyeurs le jetèrent la tête en avant dans le premier tombeau qu'ils rencontrèrent sur les degrés, et ils s'en allèrent à leurs affaires après avoir été vus de mille personnes qui, se bouchant le nez et flairant, les uns du vinaigre, les autres des fleurs ou des herbes, avaient assisté de loin aux funérailles de maître Manente, croyant vraiment tous que c'était bien lui. Il avait été facile de le contrefaire, car, à cette époque-là, tous les hommes allaient complètement rasés, et, quand on le vit sortir de sa maison, avec ce bonnet qui lui couvrait la moitié du visage, il ne vint à personne aucun doute.

Après que le mort eut été emporté et enterré, l'orfèvre recommanda au servant la maison et ce qu'elle contenait ; il partit pour lui envoyer à souper et un bon souper afin de l'engager, par reconnaissance, à faire son devoir le mieux possible. Il envoya aussi à sa sœur un messager chargé de lui dire de ne pas revenir pour le moment à Florence, parce que son mari était mort et enterré ; de lui laisser à lui le soin et le souci de la maison et de ce qui était dedans, de se consoler, et de ne penser qu'à vivre gaiement et à élever avec tendresse son jeune fils.

La nuit vint, et, après avoir fort bien soupé, le Monaco, faisant attention de n'être pas vu, laissa le servant seul et rentra tranquillement chez lui. Le lendemain, il alla trouver Laurent, et, tout en riant ensemble du tour qui réussissait à merveille, ils arrangèrent tout ce qu'il fallait faire encore pour le mener à fin. Au bout de quatre ou six jours, pendant lesquels on n'avait pas manqué de faire porter copieusement à manger au médecin par ces deux hommes déguisés avec leurs grosses têtes qui riaient, de la même manière que la première fois, la chambre de Manente fut, par ordre du Magnifique, ouverte un matin quatre heures avant le jour par ces deux masques. On fit lever le médecin, et, toujours par signes, on lui fit revêtir une camisole de gros drap rouge, une paire de longues culottes de la même étoffe, à la matelote; on lui mit sur la tête un bonnet à la Grecque et aux mains les menottes; puis on lui jeta dessus un grand manteau, dont il était si bien enveloppé qu'il ne pouvait y voir clair; enfin on le tira de cette chambre. Les deux affidés le guidèrent jusqu'à la cour, si effrayé, si abattu, qu'il tremblait comme s'il avait eu la fièvre; ils le soulevèrent de terre et le mirent dans une litière portée par deux bonnes mules et soigneusement fermée, de façon qu'elle ne pût s'ouvrir de dedans, et ils la dirigèrent vers la porte de la Croix, après avoir repris leurs habits ordinaires; la porte s'ouvrit devant eux dès qu'ils parurent, et ils se mirent à cheminer gaiement.

Maître Manente, se sentant porter et ne sachant ni où ni par qui, était aussi surpris qu'effrayé; mais quand, au jour, il entendit les voix des paysans et le piétinement des animaux, il se demanda s'il rêvait; cependant, il fit ses efforts pour prendre courage et pour faire contre mauvaise fortune bon cœur. Ceux qui le conduisaient, sans jamais parler de manière à se faire entendre par lui, ne pensaient qu'à avancer; ils avaient emporté de quoi manger, et, tout en marchant droit devant eux, ils prirent un repas quand le moment leur parut venu; enfin, vers le milieu de la nuit, ils arrivèrent au monastère des Camaldoli, où ils furent reçus gaiement par le gardien, qui se tenait à la porte; ils firent tout de suite entrer la litière et arrangèrent les mules; puis, le moine les faisant passer par sa chambre, les conduisit dans une petite antichambre, et, de là, par un bureau, dans un petit salon dont le Gardien avait fait murer la fenêtre et où il avait mis un petit lit avec une petite table et un escabeau. L'appartement avait heureusement une cheminée et un retrait, et la petite chambre donnait sur un lieu abrupt et désert, où ne passait jamais ni homme ni bête, et situé dans la partie la plus reculée du couvent; jamais on n'y entendait d'autre bruit que celui du vent, ou du tonnerre, ou de quelque petite cloche qui sonnait l'*Ave Maria* ou la messe, ou qui appelait les moines à dîner ou à souper; les affidés de Laurent trouvèrent le lieu très bien choisi. Ils s'en allèrent tout de suite à l'endroit destiné à recevoir les étrangers, où ils avaient laissé la litière, et ils en sortirent notre homme à demi mort de faim et de soif, sans parler de son malaise et de sa frayeur; à peine se tenait-il sur ses jambes; ils lui enveloppèrent de nouveau la tête de leur mieux et le menèrent, presque en le portant, dans ce salon, où, l'ayant fait asseoir sur le lit sans lui avoir encore enlevé les menottes, ils le laissèrent tranquille; après cela, ils sortirent et s'acheminèrent vers la chambre du Gardien, qui leur fit venir aussitôt deux frères convers pour qu'ils apprissent, par expérience, comment il leur fallait soigner maître Manente et lui donner à manger; le Magnifique leur avait déjà fait la leçon à cet égard.

Pendant ce temps, les affidés avaient revêtu les habits qu'ils avaient déjà portés, avec les mêmes grosses têtes riantes, l'épée et la torche, tout à fait comme à Florence; et ils portèrent au médecin un succulent souper que le moine avait fait préparer. Aussitôt que maître Manente vit apparaître ces deux masques, comme d'habitude, il fut heureux au possible; celui qui était préposé aux vivres les servit sur la table et alla ôter les menottes du médecin, en lui expliquant par signes de faire comme à l'ordinaire. Maître Manente, affamé et altéré, se jeta sur les victuailles comme un loup sur sa proie ; il but et mangea tout son saoul. Alors les gaillards ouvrirent la porte, s'en allèrent bien vite et le laissèrent dans l'obscurité.

Les frères convers, pour bien voir tout ce qui ce passait, étaient montés à l'étage supérieur, avaient enlevé une brique bien doucement et avaient tout vu parfaitement par le trou. Ils allèrent rejoindre les affidés qui se déshabillaient, reçurent d'eux leurs effets et tout le reste de leur attirail, et, après avoir mangé quelque peu et s'être rafraîchis, ils allèrent tous se reposer, car ils étaient fatigués et ils avaient sommeil. Ils se levèrent le matin, pas de trop bonne heure; les affidés firent une collation, et après avoir recommandé au gardien et aux frères convers de suivre toujours la même méthode pour porter soir et matin à manger au médecin, ils prirent congé. Étant revenus avec la litière à Florence, ils rendirent compte au Magnifique, qui prit à leur récit un plaisir infini et en éprouva un contentement extrême.

Sur ces entrefaites, arriva le moment où le servant eut fini de monter sa garde; il fut payé par l'orfèvre, auquel il remit tout ce qu'il y avait dans la maison, et s'en retourna à Santa Maria Nuova; de son côté la femme de maître Manente, habillée en veuve, revint à Florence; quand elle eut assez pleuré la mort de son mari, elle vécut très à l'aise avec son fils et sa servante. Les frères convers portaient chaque soir et chaque matin, vers une heure, comme ils l'avaient vu faire, à manger au médecin, qui, ne pouvant faire autre chose, ne s'occupait qu'à se remplir le ventre et à dormir ; il ne voyait jamais de lumière, excepté quand on lui apportait sa nourriture. Comme il ne pouvait s'imaginer où il était, ni qui étaient ceux qui le servaient, il craignait fort d'être dans quelque palais enchanté ; aussi ne pensait-il qu'à manger et à boire copieusement, et à faire de longs sommes ; quand il était éveillé, il bâtissait des châteaux en l'air.

A cette époque, advint que Laurent, pour certaines affaires de très grande importance relatives au gouvernement de la cité, fut obligé de s'absenter de Florence ; il resta plusieurs mois sans y revenir ; et comme il était occupé de négociations très sérieuses, il resta quelque temps sans se souvenir de maître Manente. Un jour cependant, par hasard, il aperçut à cheval un de ces moines des Camaldoli qui ſont les affaires du couvent; aussitôt le médecin lui revint à la pensée et il se rappela l'affaire. Il fit venir le moine, et, ayant appris de lui qu'il partait le lendemain matin pour retourner à son monastère, il écrivit une lettre qu'il lui ordonna de porter de sa part au Gardien. Le moine prit la lettre avec respect et dit qu'il la remettrait bien volontiers, ce qu'il fit en effet en temps et lieu.

Pendant ce temps-là, il était arrivé bien des choses : d'abord, la femme de Manente s'était au bout de six mois, remariée à un certain Michelangelo, orfèvre, associé de Niccolajo, son ſrère, qui lui en avait donné le conseil et l'en avait priée très vivement, parce que ce mariage devait prolonger l'association de dix ans. Michelangelo habitait donc avec la dame; il s'était entendu avec le magistrat chargé des tutelles pour garder l'enfant; il avait pris sur inventaire tous les meubles; enfin il vivait gaiement avec sa chère Brigida (ainsi se nommait sa femme), et déjà il l'avait rendue enceinte.

Le Gardien, apprenant que le Magnifique était parti sans rien lui faire dire, suivait ses premiers ordres; cependant il avait compassion de maître Manente, et quand vinrent les premiers froids, il l'approvisionna de braises, en faisant porter dans sa chambre plusieurs sacs par ces masques qui le servaient et qui les vidèrent dans un coin; il lui en fit allumer dans la cheminée, puis il lui fit aussi porter des pantoufles et des effets pour s'habiller et pour lui servir de couvertures. Après avoir fait boucher le trou du plafond, il lui fit aussi préparer une petite lampe qui restait allumée jour et nuit, de manière qu'il y avait un peu de clarté dans la chambre; le médecin pouvait ainsi voir ce qu'il mangeait et ce qu'il faisait, de sorte, que, pour récompenser un peu ceux qui lui procuraient ces petites douceurs, bien qu'il ne sût pas qui ils étaient, il chantait souvent certaines chansonnettes qu'il avait coutume de chanter à table en compagnie des buveurs, ses amis, et il improvisait quelquefois. Comme il avait une belle voix et une prononciation excellente, il récitait encore des stances de Laurent, qui avaient paru récemment et qui avaient pour titre : *Selve d'Amore*; les frères convers et le Gardien, qui seuls pouvaient l'entendre, y prenaient un plaisir extrême. Il vivait ainsi, passant le temps du mieux qu'il pouvait et ayant à peu près perdu l'espoir de revoir jamais la lumière du soleil.

Cependant le moine qui apportait au père Gardien la lettre du Magnifique arriva; celui-ci comprit très bien la volonté et les ordres de Laurent, en sorte que le jour même, il ordonna aux frères convers d'emmener le médecin dehors la nuit suivante deux ou trois heures avant le jour; il leur dit où, et comment, et dans quel état ils devaient le laisser. Le moment venu, les deux frères, vêtus à leur ordinaire, étant venus trouver le médecin, le firent sortir du lit et l'amenèrent par signes à revêtir ces habits à la marinière qu'il avait déjà portés, puis ils lui mirent les menottes et le couvrirent d'un grand manteau avec un capuchon qui lui tombait jusqu'au menton; cela fait, ils l'emmenèrent dehors. Pour le coup, maître Manente crut qu'il était arrivé au terme de son existence et qu'il allait perdre pour jamais le goût du pain; triste au delà de toute mesure, mais craignant pis encore, il se laissa guider par eux. Quand ils eurent bien marché pendant deux heures ou plus, toujours dans les bois et les chemins de traverse, et qu'ils furent près de la Vernia, les frères lièrent avec de la vigne sauvage le médecin au tronc d'un énorme sapin. Ensuite ils lui ôtèrent son manteau et ses menottes, lui rabattirent son chapeau sur les yeux, et, le laissant lié à l'arbre, ils s'enfuirent rapides comme le vent. Ils repassèrent par les mêmes sentiers, bien qu'ils eussent éteint leur torche, et revinrent aux Camaldoli, sans avoir été vus de personne.

Maître Manente, resté seul, et attaché par des liens sans solidité, prêta l'oreille quelque temps; quoiqu'il eût toujours très peur, quand il vit qu'il n'entendait pas le moindre bruit, il se mit à tirer les mains à lui et rompit aisément la vigne sauvage qui le liait : aussitôt il releva le chapeau qui était rabattu sur ses yeux et, en regardant en l'air, il vit entre les arbres une partie du ciel étoilé. Promenant les yeux autour de lui avec plus d'attention encore, et comme il commençait à faire jour, il vit les sapins qui l'entouraient et l'herbe à ses pieds; il eut ainsi la certitude d'être dans un bois, mais craignant toujours quelque chose de nouveau et d'extraordinaire, il resta en place sans faire de bruit, au point qu'il retenait son haleine pour n'être pas entendu; c'est qu'il lui semblait toujours avoir sur le dos ces masques à figure grimaçante qui lui remettaient les menottes et l'emmenaient. Enfin, quand il fit grand jour, et que les brillants rayons du soleil inondèrent de lumière toute la nature, voyant qu'il n'y avait autour de lui ni hommes ni animaux, il se mit à gravir la côte par un étroit sentier pour sortir de la vallée où il était; cette fois, il était sûr d'être revenu au monde. Il n'eut pas plus tôt fait un quart de mille, qu'arrivé sur la cime de la montagne, il déboucha sur une route très fréquentée par laquelle il vit venir vers lui un voiturier conduisant trois mulets chargés de grains. Allant à sa rencontre, il lui demanda dans quel pays il était, comment se nommait l'endroit où il se trouvait, et le voiturier lui répondit tout de suite qu'il était à la Vernia, puis il ajouta : « Diable! tu es donc aveugle ? » Ne vois-tu pas là San Francesco ? » Et il lui montra l'église, là sur la montagne, à deux portées d'arbalète à peine.

Maître Manente le remercia et reconnut aussitôt le pays, car il y était venu plusieurs fois se promener avec ses amis; il leva les mains au ciel en rendant grâces à Dieu : il semblait renaître. Alors il prit le chemin à sa droite et s'en alla du côté du couvent, vêtu de ces habits rouges qui lui donnaient l'air d'un marin; il y arriva de bonne heure et y trouva un gentilhomme Milanais qui était venu de Florence en promenade, accompagné d'un de ses amis, aussi de Milan, avec des chevaux et des serviteurs, pour visiter ces lieux saints où le pieux Saint François avait fait pénitence. Ce gentilhomme s'était, le soir précédent, blessé au pied en glissant; le premier moment passé, son pied avait beaucoup enflé pendant la nuit et le faisait souffrir au point qu'il ne pouvait plus le remuer ni à peine le toucher; enfin il dut rester au lit. Il voulait justement, d'après les conseils des moines, envoyer chercher un médecin à Bibbiena, quand maître

Manente, l'ayant salué et ayant appris la cause de son mal, dit qu'il était inutile de faire demander un médecin, qu'il se faisait fort de débarrasser le gentilhomme de sa douleur en un huitième d'heure et de le guérir tout à fait pour le lendemain. Maître Manente, bien qu'accoutré d'une étrange façon, avait une belle tournure et s'exprimait bien, de sorte que le Milanais le crut ; il se fit donc apporter par les moines de l'huile rosat et de la poudre de myrte, et il fit en premier pansement; il remit l'os à sa place, frotta le pied d'huile, le saupoudra de poudre et le banda fortement ; cela fit aussitôt cesser la douleur, si bien que le gentilhomme dormit bien la nuit, quand, la nuit précédente, il n'avait pas pu fermer l'œil; le matin, il se leva et se trouva assez bien, non pas seulement pour poser le pied à terre, mais encore pour marcher facilement. Il fit donc seller les chevaux, but un coup avec les moines, donna deux ducats au médecin et partit dans la direction de Florence.

Maître Manente, fort content, après avoir, lui aussi, mangé avec les moines, prit congé d'eux et se dirigea vers Mugello pour aller à sa campagne ; il marcha bien et y arriva le soir juste au coucher du soleil; il appela à haute voix le fermier, et un petit paysan lui répondit aussitôt que l'homme qu'il appelait était allé travailler à une autre terre assez loin de là. La réponse parut étrange au médecin; il ne pouvait comprendre que sa femme eût congédié son fermier sans son assentiment et loué le bien à un autre. Il dit au jeune garçon d'appeler son père, auquel il apprit qu'il était intime ami de son maître, et il le pria, en raison de cela, de vouloir bien lui donner l'hospitalité pour cette nuit. Le paysan, le voyant habillé comme il était, eut quelque soupçon et ne pouvait se décider à répondre ; mais maître Manente sut si bien parleretle persuader, qu'il finit par consentir à le recevoir; enfin, il se rassura en voyant que son hôte n'avait pas d'armes sur lui, se proposant toutefois de l'envoyer à la grange : il le mena donc dans sa maison, et, le couvert mis, on soupa en faisant maigre chère.

Maître Manente, résolu à ne pas se faire connaître, ne fit aucune question au sujet de son bien et de sa femme ; mais voyant là sur une petite table un encrier et du papier, parce que celui chez qui il se trouvait administrait son village, il demanda de quoi écrire et fut satisfait ; il écrivit donc à sa femme une courte lettre, et, se tournant vers ce jeune paysan, il lui dit : « Je te donnerai un » carlin et je veux que demain matin de » bonne heure tu ailles à Florence, que » tu remettes en mains propres cette » lettre à ta maîtresse et qu'ensuite tu » fasses ce qu'elle te dira. » L'enfant y consentit avec la permission de son père ; puis il mena le médecin à la grange et l'y enferma. Maître Manente supporta ce traitement avec patience, se disant à lui-même : « Demain tu m'ôteras ton bonnet et tu seras bien heureux de me servir. » Il s'arrangea sur la paille le mieux qu'il put et ne pensa plus qu'à dormir.

Le matin, dès que l'aurore commença à paraître, ce jeune paysan, qui avait reçu la veille au soir le carlin et la lettre, prit le chemin de Florence; il arriva vers l'heure du dîner à la maison de son maître et présenta à dame Brigida la lettre dont il était chargé. La dame, l'ayant ouverte bien vite, crut reconnaître la main de son premier mari; mais après, en la lisant, elle fut prise d'une telle douleur et d'un si grand étonnement, qu'elle fut sur le point de s'évanouir; elle ne savait plus dans quel monde elle était. Elle demanda au petit paysan l'âge, la taille, le signalement de l'homme qui lui avait confié cette lettre, et elle éprouva de ses réponses plus d'étonnement encore et de chagrin, de sorte qu'elle envoya vite la servante à la boutique chercher Michelagnolo. Celui-ci vint et lut la lettre; lui aussi fut d'avis que l'écriture ressemblait à celle de messer Manente, qu'elle était même identique; mais sachant qu'il était certainement mort, il était bien sûr qu'elle était d'une autre personne. Il jugea tout de suite que c'était un marin qui cherchait à tromper sa femme par un si étrange moyen, car voici ce que contenait la lettre : messer Manente faisait savoir à son épouse bien-aimée qu'après diverses aventures bizarres, et après avoir été renfermé plus d'un an, craignant toujours pour sa vie, il était enfin par un miracle de Dieu sorti de péril; qu'il lui raconterait tout en détail de vive voix, que, pour le moment, il suffisait de lui faire savoir qu'il était à la campagne; il la priait de répandre cette nouvelle dans Florence, de lui envoyer sa mule, son pourpoint et son manteau de pluie, ses grosses bottes et son chapeau, et de faire savoir au nouveau fermier qu'il était le maître, puisqu'il était maître Manente son mari, afin que la maison lui fût ouverte pour qu'il pût y reposer à l'aise; le lendemain matin de bonne heure, il irait la retrouver. Donc Michelagnolo, plein de rage et de colère, répondit au nom de la dame et écrivit une lettre indignée, en le menaçant, s'il ne s'en allait, d'aller le trouver et de lui flanquer une volée de coups de bâton, ou bien de lui envoyer le bargello; outre cela, il chargea de vive voix le petit paysan de dire à son père de chasser cet homme et de l'envoyer au diable.

Le jeune garçon partit aussitôt et Michelagnolo retourna à sa boutique, laissant la Brigida chagrine et stupéfaite. Le matin, maître Manente était allé se promener jusqu'à la basse-cour, qui était à trois milles de sa maison, et, sans se faire connaître au maître de léans, qui était son ami, se disant même Albanais, il dîna gaiement avec lui, riant et se réjouissant en lui-même. Le soir il revint tout joyeux à la maison, croyant fermement qu'on allait le reconnaître pour le maître; il avait l'intention de faire tordre le cou à une paire de gros chapons qu'il avait vus le matin becqueter sur l'aire. Mais il ne fut pas plus tôt arrivé que le petit paysan, qui était déjà rentré, vint à sa rencontre; il lui tendit la lettre sans le saluer, même de mauvaise grâce; cette lettre n'avait ni adresse ni signature, ce dont, à première vue, maître Manente s'étonna et s'attrista beaucoup; mais quand il l'eut parcourue tout entière, il demeura si surpris, si abasourdi, il éprouva tant de douleur et de stupéfaction qu'il ne savait plus s'il était mort ou vivant. Sur ces entrefaites arriva le vieux fermier, à qui son fils avait fait la commission du maître, et qui lui dit durement de chercher ailleurs un autre logis pour le soir, parce que son patron avait ordonné de le mettre immédiatement à la porte.

Maître Manente, désolé outre mesure, en s'entendant donner congé par celui qui devait, pensait-il, le reconnaître pour son seigneur à l'arrivée de la lettre, répondit avec douceur qu'il s'en irait ; il commençait à croire qu'il était devenu un autre, ou qu'il y avait plus d'un maître Manente. Il pria donc le paysan de lui dire le nom de son maître; celui-ci répondit qu'il se nommait Michelagnolo, orfèvre, et qu'il avait pour femme dame Brigida. Le médecin continua ses questions et demanda si cette dame Brigida avait eu plusieurs maris et si elle avait des enfants. — « Oui, » répondit le paysan, « elle a eu d'abord un médecin » qu'on nommait, à ce que j'ai entendu » dire, maître Manente; on dit qu'il est » mort de la maladie et qu'il lui a laissé » un fils nommé Sandrino. — Hélas! répondit le médecin, » que me dis-tu » là ? » Et il se mit à faire une foule de questions au paysan, qui n'en savait pas plus long, attendu qu'il était de Casentino et qu'il n'était arrivé dans le pays qu'au mois d'Août précédent.

Maître Manente, décidé à ne pas se faire connaître et voyant qu'il lui restait encore plus de deux heures de jour, quitta le fermier, et se mit en route vers Florence, pensant que sa femme et ses parents n'avaient conclu ce second mariage qu'après avoir reçu le faux avis de sa mort, car il connaissait très bien Michelagnolo, orfèvre, associé de son beau-frère. Il roulait dans sa tête mille pensées, tout en marchant à force, si bien qu'il arriva le soir très tard à l'auberge de la Pierre du Mille, qui est à un mille de la cité ; il y prit gîte pour ce soir-là et, après avoir mangé une couple d'œufs à la coque seulement, il se mit au lit, où il se retourna dans tous les sens, ne pouvant parvenir à fermer l'œil. Le matin, il se leva de bonne heure, paya son hôte et s'en vint tout doucement à Florence ; il y entra habillé comme je vous l'ai raconté ci-dessus, de sorte qu'il ne fut reconnu par personne, bien qu'il rencontrât dans la rue beaucoup de ses amis et de ses connaissances. Enfin, après avoir erré dans toute la ville, il arriva dans la Via de'Fossi et vit justement sa femme et son fils qui revenaient de la messe et rentraient dans sa maison ; il était certain d'avoir été vu par eux, mais comme ils n'avaient pas eu l'air du tout de le reconnaître, il changea d'avis ; et, au lieu d'aller leur parler, comme il en avait formé le projet, il s'en alla à Santa Croce trouver un certain maître Sebastiano, son confesseur, pensant rencontrer en lui un excellent intermédiaire pour se faire reconnaître par sa femme. Il avait l'intention de lui raconter toutes ses aventures et de prendre conseil de lui ; mais, lorsqu'il le demanda à son couvent, on lui répondit que le religieux avait été demeurer à Bologne, ce qui le rendit presque désespéré, ne sachant plus que faire. Il erra à travers la place, le Marché neuf, le Vieux marché ; entre autres connaissances et amis, il rencontra Biondo le courtier, Feo le tambour, maître Zanobi le barbier, Leonardo le sellier, et, aucun d'eux ne l'ayant reconnu, il en perdit presque courage. Cependant, comme l'heure de dîner était venue, il s'en alla aux Bertucce, où Amadore, autrefois son intime ami, vendait du vin ; il lui demanda de vouloir bien lui faire le plaisir de dîner avec lui, l'autre accepta ; à la fin du dîner, Amadore lui dit qu'il lui semblait bien l'avoir déjà vu, mais qu'il ne se rappelait plus où. Maitre Manente lui répondit que ce n'était pas étonnant, qu'il avait demeuré longtemps à Florence avec maître Agostino, aux étuves de Piazza Padella ; que, venant de Livourne et dégoûté de la navigation, il voulait revenir y demeurer. Tout en passant ainsi d'un sujet à un autre et causant d'une foule de choses, ils achevèrent de dîner ; Manente, sans s'être fait reconnaître, paya son hôte et s'en alla, chagrin et en quelque sorte stupéfait de n'avoir pas été reconnu, mais bien décidé à avoir le soir même, coûte que coûte, un entretien avec sa femme.

Il se promena jusqu'à ce que l'heure lui parût venue, et se rendit à sa maison sur les vingt-trois heures et demie ; il frappa deux forts coups à la porte et la dame demanda qui était là. Le médecin lui répondit : — « C'est moi, ma chère » Brigida, ouvre-moi. — Et qui vous ? » reprit-elle. Maître Manente, pour n'avoir pas besoin de parler haut de manière à se faire entendre de tout le voisinage, lui dit : — « Viens en bas, et tu le sauras. » La Brigida, entendant la voix et croyant reconnaître le visage de maître Manente, se souvint de la lettre et ne voulut pas descendre, craignant quelque chose d'extraordinaire ; elle lui dit : — « Dites-» moi de là qui vous êtes et ce que vous » demandez. — Ne le vois-tu pas ? » répondit le médecin, « je suis maître » Manente, ton véritable et légitime » époux, et c'est toi, ma femme, que je » demande. — Vous n'êtes pas maître » Manente, mon époux, » répliqua la dame, « car il est mort et enterré. — « Comment, mort, Brigida? je ne suis » pas mort du tout, » s'écria le médecin, et il ajouta : « Ouvre-moi, de grâce, » ne me reconnais-tu pas, ma chère âme ? » suis-je donc si changé? Ouvre-moi, je » t'en prie, et tu verras que je suis vi- » vant. — Hé quoi ! » reprit la Brigida, « vous devez être ce méchant homme » qui m'a écrit une lettre hier matin ; » allez-vous-en au diable! car si mon » mari vous trouve ici, malheur à » vous! » Nombre de gens s'étaient déjà rassemblés dans la rue pour entendre cette étrange histoire; tous les voisins s'étaient mis à la fenêtre et chacun disait son mot. Dame Dorotea, une bigote qui demeurait juste en face de la maison et qui avait tout entendu depuis le commencement, dit à la Brigida : « Prends garde, ma fille, c'est peut-être » l'âme de ton maître Manente, qui » revient ici-bas pour faire pénitence; » elle lui ressemble tout à fait par le

» visage et le son de la voix ; appelle-la » un peu, interroge-la et demande-lui » si elle ne veut rien de toi. » Brigida, qui n'était pas éloignée de croire céla, se mit donc à dire d'une voix compatissante : — « Oh ! âme pieuse, as-tu quel- » que chose sur ta conscience ? Veux-tu » l'office des Morts ? as-tu un vœu à » remplir ? dis ce que tu veux, âme » bénie, et rentre dans la paix de Dieu. » En entendant ces paroles, maître Manente eut presque envie de rire ; il dit qu'il était vivant, qu'elle n'avait qu'à lui ouvrir et qu'il se chargeait de le lui prouver. Mais la Brigida continuait à demander à cette âme si elle voulait les messes de San Ghirigoro, et à se signer ; de son côté dame Dorotea disait, elle aussi : « Ame de Dieu, si tu es dans le » purgatoire, dis-le ; ta bonne femme » fera un Jubilé pour toi et t'en tirera. » Et elle faisait les plus grands signes de croix du monde, répétant sans cesse : « *Requiescat in pace !* » de sorte que tous ceux qui étaient là se mirent à se signer, à s'écarter, à se tenir sur leurs gardes : il y avait une foule énorme.

Alors, le médecin voyant que la Brigida ne l'écoutait plus, qu'elle ne songeait, comme la dévote, qu'à faire des signes de croix et à marmotter des prières, résolut de s'en aller, car la foule augmentait toujours et il craignait d'avoir encore quelque méchante aventure ; sans tarder, il prit en marchant d'un bon pas la rue qui mène à Santa Maria Novella, de sorte que toutes les personnes qui étaient de ce côté, se signant à n'en plus pouvoir, se mirent à crier et à fuir, absolument comme si elles avaient vu un mort ressusciter. Maître Manente tourna à l'endroit où stationnent aujourd'hui les chevaux de bât, et prit par la Via del Moro ; arrivé à la moitié, il tourna et s'engagea dans les ruelles de ce quartier, toujours en courant, car il commençait à faire nuit ; il fit tant qu'il arriva à Santa Trinita et de là, par Portarossa, il gagna son auberge, toujours regardant si le peuple le poursuivait ; il était fort mécontent et ne voyait plus d'autre remède à son malheur que d'aller le lendemain matin recourir à l'Évêque.

Mais voulant voir si Burchiello, son intime ami, et le Biondo le reconnaîtraient, il dit à Amadore, en lui mettant en main plusieurs pièces d'argent, qu'il voudrait bien, si c'était possible, donner le soir à souper à lui-même, à Burchiello et à Biondo le courtier. — « Oui, cer- » tainement, » répondit l'hôte, « laisse- » moi faire. » Après avoir donné ses ordres à la cuisine, Amadore prit son manteau et s'en alla à San Giovanni, où ayant rencontré le Biondo, il l'emmena avec lui, disant qu'il voulait lui donner à souper le soir en compagnie d'un étranger et de Burchiello. Ils trouvèrent ce dernier dans sa maison, où était aussi la boutique au Garbo ; ils n'eurent pas besoin de beaucoup de paroles pour le décider, car, dès qu'il sut qu'il s'agissait de faire un bon souper, il en eut plus envie qu'eux; enfin, à une heure, tous se réunirent aux Bertucce : on était alors en Octobre, près de la Toussaint. Burchiello, à peine arrivé, crut reconnaître maître Manente, mais plus encore en l'entendant parler; le médecin fit à Burchiello le plus aimable accueil, lui disant que, séduit par sa réputation et désireux de se trouver avec lui, il avait été obligé de demander à Amadore de l'inviter à souper en compagnie de Biondo, cet excellent compagnon, son grand ami. Burchiello le remercia beaucoup, et ils se mirent à table dans une chambre à part préparée pour eux. Tout en attendant là que certains gros pigeons et des grives fussent cuits à point, on causa de chose et d'autre ; Manente notamment raconta une fable qu'il donna comme l'histoire de sa vie et expliqua comment il était arrivé à Florence.

Burchiello avait déjà dit au Biondo qu'il n'avait jamais vu deux hommes se ressembler comme maître Manente et celui-là, et il ajouta : « Si je n'étais pas » sûr qu'il est mort, je dirais que c'est » lui, sans aucun doute. » Le Biondo était du même avis. Sur ces entrefaites, tout étant prêt, l'hôte fit apporter les salades et le pain avec deux bouteilles de vin pétillant. La conversation étant laissée de côté, on se mit à manger. Burchiello et Amadore étaient d'un côté de la table ; maître Manente et Biondo de l'autre. Tout en soupant, Burchiello ne quittait pas le médecin des yeux ; la première fois qu'on but, il le vit faire comme maître Manente, qui avait l'habitude de boire coup sur coup deux verres de vin pur après la salade, et ensuite d'y mettre de l'eau. Il en fut fort étonné ; mais, plus tard, quand on apporta à table les pigeons et les grives, le médecin coupa tout de suite les têtes et les mangea (il les aimait à la folie, comme celles de tous les autres animaux) ; Burchiello fut sur le point de parler, cependant il se retint pour être encore plus sûr de son fait. Quand on vint au dessert qui se composait de poires, de raisins et de très beaux fromages de chèvre, Burchiello n'eut plus le moindre doute ; car le médecin, ayant mangé des poires et du raisin seulement, avait achevé de souper sans toucher au fromage, bien qu'on lui eût dit qu'il était excellent ; on voyait bien qu'il n'en mangeait jamais, qu'il le détestait, qu'il éprouvait pour lui tant de dégoût, qu'il se serait rongé les mains plutôt que d'y toucher, ce que savait parfaitement Burchiello. Celui-ci, tout à fait certain désormais, lui prit en riant la main gauche, releva un peu la manche de sa chemise et lui vit tout près du pouls un signe de naissance couvert de poils de sanglier ; alors il dit à haute voix : « Tu es maître Manente, et tu ne peux » te cacher. » Il lui jeta les bras autour du cou, le baisa et l'embrassa. Le Biondo et l'hôte, effrayés, se retirèrent un peu en arrière et attendirent ce qu'allait dire le médecin, qui répondit : — « Toi » seul, Burchiello, parmi tant d'amis et » de parents, tu m'as reconnu; je suis, » comme tu l'as dit, maître Manente ; je » ne suis jamais mort, comme le croient » ma femme et tout Florence. » Amadore et le Biondo étaient devenus blancs comme cendre ; le premier se signait, le second criait et voulait fuir; ils avaient peur, comme on a peur des esprits et des morts qui reviennent. Mais Burchiello leur dit : — « N'ayez aucune crainte; » palpez-le et touchez-le ; les esprits et » les morts n'ont ni chairs ni os, comme » vous voyez qu'il en a ; sans compter » qu'il a mangé et bu en votre pré- » sence. » Maître Manente ajouta : — « Je suis vivant, n'en doutez pas, ne » craignez rien, mes frères ; jamais je ne » suis passé de vie à trépas ; et, de » grâce, écoutez-moi, je vais vous faire » entendre une des choses les plus éton- » nantes qu'on ait jamais entendues » depuis que le soleil éclaire. » Il dit et fit tant, de concert avec Burchiello, que l'hôte et le Biondo se rassurèrent un peu.

On appela les garçons et on leur fit débarrasser la table de tout, excepté du vin et du fenouil ; on leur dit de souper et de ne plus remonter, à moins que Burchiello ne les appelât; alors, la porte bien fermée, les convives se tenant attentifs et tous très désireux d'entendre un récit merveilleux, maître Manente se mit à parler. Il commença au moment où on l'avait laissé endormi sur un banc, et raconta tout ce qui lui était après cela successivement arrivé; à plusieurs reprises, il provoqua l'étonnement et le rire. Mais, quand il eut achevé, Burchiello, qui était un homme des plus intelligents, dit aussitôt : — « Ceci est » œuvre de Laurent le Magnifique. » Les autres soutenaient que non, disant que c'était la sorcellerie et les sorciers qui avaient, à force d'enchantements, joué ce tour à Manente. Mais Burchiello, persistant dans son opinion, ajouta : —

« Tout le monde ne connaît pas cette » caboche-là ; ne savez-vous pas, vous » autres, qu'il n'entame rien qu'il n'a- » chève, et qu'il n'a jamais formé un » projet qu'il n'ait mené à bonne fin ? » que jamais il ne lui est venu un désir » qu'il ne l'ait satisfait ? C'est le diable » d'avoir affaire à qui sait, peut et veut. » Et il continua en se tournant vers maître Manente : « Je me suis toujours douté » qu'il te ferait une farce de ce genre, » depuis le jour où, causant avec lui à » Careggi, tu lui as fait, sans y penser, » cet affront. Maître Manente, les princes » sont des princes, et ils font souvent de » ces choses-là à des gens comme nous, » quand nous voulons être avec eux à tu » et à toi. » Le médecin s'excusait, disant que les Muses ont le champ libre, et il en donnait mille raisons ; mais, considérant la chose en lui-même et réfléchissant aux paroles de Burchiello, il vint à douter et à penser que ce dernier pouvait bien avoir un peu raison.

Quand on eut longtemps causé des aventures de maître Manente, il se fit raconter par les convives tout ce qui s'était passé à propos de la peste et de cet homme qui était sorti mort de sa maison avec un bubon au cou; il ne pouvait s'en rendre compte, et ses amis avaient beau se creuser la cervelle, ils ne trouvaient pas le mot de l'énigme; Burchiello lui-même y perdait son Latin. A la fin, comme il se faisait tard, maître Manente demanda les avis et les conseils de ses compagnons, pour savoir comment il lui fallait se conduire dans cet imbroglio; car il lui paraissait vraiment trop dur de perdre sa femme et son bien. Après avoir imaginé une foule de voies et moyens, on se mit d'accord pour décider que le médecin devait s'adresser à l'évêché. Après les adieux, maître Manente alla recevoir l'hospitalité chez Burchiello, car les autres n'étaient pas bien, bien rassurés, et ils avaient encore un reste de peur.

Michelagnolo, cependant, était rentré chez lui, et Brigida lui avait tout dit. Elle lui avait affirmé qu'elle avait certainement cru entendre la voix et voir le visage de maître Manente; qu'elle partageait l'opinion de dame Dorotea, et que ce devait être l'âme de son premier mari qui avait besoin de quelque secours pour sortir du Purgatoire. — « Quelle âme ? » Quel Purgatoire ? Qu'est-ce que tu me » chantes là ? » répondit Michelagnolo. « Sotte femme ! tu as eu affaire à un mau» vais gueux, à un fripon, et tu as bien » fait de ne pas lui ouvrir. » Cependant le mari était extrêmement surpris ; il ne pouvait s'imaginer quel but se proposait le coquin, à quoi il voulait en venir ; il admettait tout plutôt que de croire que maître Manente pût avoir ressuscité et être vivant ; enfin il tenait pour certain que cet individu, n'ayant pas réussi d'emblée, ne devait plus se montrer.

Le matin, de bonne heure, Burchiello, après avoir fait lever maître Manente, lui fit laver la tête et le fit raser à la mode du temps; après cela, il l'habilla de pied en cap avec ses propres habits qui paraissaient coupés à la mesure du médecin, et il sortit avec lui pour le faire voir et le présenter. Ils allèrent à Santa Maria del Fiore, à la Nunziata, au Vieux et au Nouveau Marché, sur la place; tout le monde vit maître Manente, bien des gens le reconnurent et lui parlèrent. Déjà le bruit avait été répandu, par le Biondo et par Amadore, qu'il était vivant et qu'il voulait rentrer en possession de sa femme et de son bien. Niccolajo et Michelagnolo l'avaient vu, il leur avait semblé que c'était bien lui; cependant, comme ils savaient qu'il était mort, ils se consolaient en se disant que ce n'était pas possible; et comme ils avaient entendu dire que Manente voulait s'adresser à l'évêché, ils se préparaient à se défendre; ils avaient été trouver les Officiers préposés à la police en cas de peste, avaient consulté le registre de la sacristie de Santa Maria Novella, le pharmacien qui avait fourni la cire, les fossoyeurs et tout le voisinage, et ils s'étaient ainsi assurés que maître Manente était bien mort de la peste dans sa maison et avait été enterré.

Cet événement était dans tout Florence l'objet de l'étonnement général, et bien des gens qui avaient vu porter en terre le médecin avaient peur de quelque prodige. Quand maître Manente, rentré à la maison, eut dîné, il s'en alla avec Burchiello à l'évêché, raconta au Vicaire toute son histoire et conclut en réclamant sa femme. Le Vicaire trouva le récit étonnant et, pour savoir la vérité, fit citer l'autre partie ; il entendit les raisons que donnèrent Niccolajo et Michelagnolo, et, en présence de tant de serments prêtés par tant de gens honorables, il fut troublé et embarrassé, car il y avait dans l'affaire un mort, et l'on ne pouvait savoir, ni d'un côté, ni de l'autre, qui il était, comment il était entré dans la maison du médecin. Le Vicaire tint pour certain qu'il y avait là-dessous quelque meurtre, et il en fit secrètement prévenir les Huit. Ceux-ci mirent vite en mouvement leur police, qui trouva les adversaires se disputant encore; elle les prit tous et les mena de chez Burchiello au bargello. Le matin, quand le Tribunal des Huit fut réuni, il manda d'abord devant lui maître Manente; on le menaça de la torture s'il ne disait la vérité. Alors le médecin, commençant par le commencement, exposa tout au long ce qui lui était arrivé, de sorte qu'il fit rire ses juges six fois et plus. L'ayant renvoyé en prison, ils firent comparaître Niccolajo, qui leur raconta tout ce qu'il savait; Michelagnolo leur répéta les mêmes choses; tous deux, pour prouver la vérité de leurs paroles, invoquèrent les témoignages, qui concordaient tous sur ce point : que le mort avait bien été maître Manente. Les Huit, ayant entendu parler de ce servant qui avait été appelé à soigner le malade et à désinfecter la maison, crurent qu'ils arriveraient facilement par lui à démêler cet écheveau embrouillé, et ils envoyèrent à l'instant un huissier le chercher à Santa Maria Novella. Mais l'huissier ne tarda guère à leur apprendre que le servant, ayant eu une querelle avec un autre et l'ayant frappé au visage avec une paire de ciseaux, s'était enfui par peur de la Justice; on n'avait jamais pu savoir où il était allé, et les Huit furent plus embarrassés que jamais. Voyez un peu si tout réussit à souhait pour accomplir ce bon tour! Alors les Huit firent remettre tout le monde en prison et ordonnèrent à leurs agents de contrôler avec soin les témoignages, et de s'assurer, autant que possible, que maître Manente avait bien dit la vérité. Au bout de deux ou trois jours, les agents rapportèrent que tout le monde avait dit vrai, ce dont le Tribunal, fort mécontent, demeura plus étonné que jamais.

Pendant ce temps, Burchiello, pour

venir en aide à maître Manente, avait été voir chez lui un des principaux membres de ce tribunal, son grand ami, et aussi grand ami du médecin ; il lui avait raconté que tout cela était l'œuvre de Laurent le Magnifique, comment ce dernier avait tout combiné pour jouer à Manente un tour de premier ordre (il lui dit pourquoi); il lui prouva qu'il ne se trompait pas, et fit tant qu'il l'amena à être du même avis que lui et à conclure *in petto* que pareil événement ne pouvait pas être arrivé à Florence, s'il n'était provoqué par Laurent lui-même. Aussi, un matin qu'on parlait au Tribunal de cette affaire, le juge en question dit qu'il serait convenable, à son avis, d'en référer au Magnifique, qui se trouvait au Poggio (1), et de lui remettre la cause entre les mains, comme trop embrouillée et trop malaisée à bien juger. Cette idée plut

(1) C'était une maison de campagne de la famille de Medicis.

extrêmement à tout le monde; chacun disait que cela ferait grand plaisir au prince, et qu'il serait juge excellent d'une cause si compliquée. On fut d'accord pour charger le chancelier de rendre compte à Sa Magnificence de tous les incidents du procès, et de le prévenir que le soin de juger lui était remis; on fit tant que la lettre fut expédiée le jour même. Les Huit, ayant fait comparaître les prisonniers, leur interdirent à tous, sous peine de la torture, tant que le jugement n'aurait pas été prononcé, de s'approcher à cent brasses de la Via de' Fossi et de parler à la Brigida; ils leur dirent qu'ils avaient remis la cause au Magnifique, qui serait bientôt de retour dans la ville, et ils les congédièrent. Ceux-ci, après avoir payé les frais, allèrent à leurs affaires, chacun espérant que la sentence serait rendue en sa faveur.

Le bruit de cette affaire s'était répandu dans tout Florence, où elle excitait l'étonnement général; il semblait à la Brigida, triste et mécontente au possible, qu'il s'écoulait mille ans à en attendre la fin. Maître Manente, qui demeurait chez Burchiello, s'occupait de soigner des malades; les orfèvres travaillaient à leur état. Le Magnifique, à la réception de la lettre des Huit, avait ri tant et tant que ç'avait été merveille; il trouvait que son tour avait eu une fin mille fois plus belle, mille fois plus joyeuse qu'il n'aurait pu l'imaginer, et son allégresse ne connaissait pas de bornes. Il revint à Florence au bout de huit ou dix jours; maître Manente alla le jour même lui faire visite, mais il ne put avoir audience, et la même chose était arrivée aux orfèvres. Maître Manente revint le lendemain et trouva Laurent à table, qui venait juste de finir de dîner; à son arrivée, le Magnifique, joyeux en dedans, témoigna une surprise, un étonnement extrêmes et dit à haute voix : « Maître Manente, je » ne croyais pas te revoir jamais, car

» j'ai entendu dire comme un fait cer-
» tain que tu étais mort; en ce moment
» même, je ne suis pas sûr que ce soit
» toi ou un autre, ou que tu ne sois pas
» entré dans quelque corps surnaturel. »
Le médecin répondit qu'il n'était jamais mort, qu'il était bien le même qu'il avait toujours été; puis il voulut s'approcher et s'agenouiller pour baiser la main du Magnifique, qui lui dit : — « Reste loin
» de moi; qu'il te suffise pour le mo-
» ment de savoir que si tu es le vrai
» maître Manente vivant, tu es le très
» bien venu; autrement, c'est tout le
» contraire. » Le médecin voulut alors se mettre à lui raconter son aventure, mais Laurent lui dit que ce n'était pas le moment et il ajouta : « Ce soir, quand
» il sera plus de vingt-quatre heures, je
» t'attendrai dans ma chambre pour
» m'expliquer ton cas, » et il le prévint que ses adversaires aussi seraient là. Maître Manente le remercia respectueusement, prit congé de lui et rentra à la

maison où il rendit compte de tout à Burchiello, qui répondit en riant sous cape : — « Je sais que l'affaire est en » bonnes mains, comme on dit ; voyez, » le Magnifique aura réussi à souhait. » Cependant, il était encore incertain, et il ne pouvait imaginer la fin de tout cela.

Le soir vint ; les orfèvres qui avaient reçu ordre de se présenter étaient déjà venus et attendaient en se promenant sur les galeries qu'on les appelât, lorsqu'arriva maître Manente : on en informa Laurent, qui se rendit aussitôt dans son grand salon en compagnie de quelques citoyens et des principaux personnages de Florence, tous amis ou connaissances du médecin. Les parties furent appelées ; Laurent ayant d'abord fait entrer Niccolajo, puis Michelagnolo, les entendit tous deux ensemble, écouta leurs raisons, vit les témoignages ; tout le monde avait l'air d'éprouver le plus profond étonnement. Les deux orfèvres sortirent ensuite, et maître Manente entra ; il prit les choses au commencement, et raconta exactement tout ce qui lui était arrivé, sans y rien ajouter, sans en rien retrancher; tous ceux qui l'entendirent, et avec eux le Magnifique, en demeurèrent ébahis et en rirent avec éclats. Mais après que Lorenzo eut fait deux ou trois fois répéter à maître Manente son récit, il fit rentrer les orfèvres et eut alors pendant un moment la plus belle et la plus amusante distraction qu'il se soit procuré de sa vie, parce que les adversaires, ardents et irrités, se dirent des injures comme on n'en dit pas à des chiens.

Sur ces entrefaites arriva l'Évêque que le Magnifique avait envoyé appeler ; tout le monde le salua avec respect, Laurent le fit asseoir à côté de lui et parla en ces termes : « Messer le Vicaire,
» vous savez le différend qui divise ces
» hommes de bien, car vous le leur
» avez entendu dire; je ne vous le répé-

» terai donc pas. Je vous dirai seulement » qu'ayant été nommé juge de la que» relle par nos respectables seigneurs » les Huit, il ne me reste, pour rendre » ma sentence, qu'à éclaircir le point de » savoir si maître Manente n'est jamais » mort et si cet homme que nous avons » sous les yeux n'est pas quelque corps » imaginaire et enchanté ou quelque » esprit suscité par le diable; c'est à » vous qu'il appartient d'examiner et de » résoudre cette question. — Oh! et » comment? » répondit le Vicaire. — « Je vais vous le dire, » répliqua Laurent; « en le faisant exorciser par cer» tains moines qui font sortir les esprits » et en le faisant toucher par des reli» ques puissantes contre les maléfices. » — Vous avez bien parlé, » reprit messer le Vicaire. « Donnez-moi six ou huit » jours pour prendre mes mesures; et, » s'il tient bon, on pourra être sûr que » c'est bien lui et qu'il est vivant. » Maître Manente voulait reprendre la parole, quand le Magnifique, approuvant la proposition du Vicaire et annonçant qu'aussitôt l'expérience faire, il rendrait sa sentence, se leva et congédia tout le monde; puis il alla souper avec quelques gentilshommes qui l'accompagnaient et ne cessa de rire et de plaisanter de cette aventure extravagante.

Le jour suivant, le Vicaire, qui était un bon et fervent Chrétien et un excellent religieux, fit savoir dans tout le diocèse que les prêtres et les moines, à la disposition desquels étaient des reliques bonnes pour mettre les diables en fuite et chasser les esprits, devaient les apporter sous six jours à Florence, dans l'église de Santa Maria Maggiore, sous peine d'encourir son indignation. On ne parlait plus d'autre chose que de cette affaire dans tout le pays, et il semblait aux orfèvres, comme à maître Manente, qu'il se passerait mille ans avant qu'ils en sortissent.

Pendant ce temps, Laurent avait fait

venir à Florence le vieux Napo de Galatrona, excellentissime enchanteur et sorcier de cette époque; il lui dit ce qu'il avait à faire et le garda dans son palais pour s'en servir en temps et lieu. Il était déjà venu de la ville et de la campagne à Santa Maria Maggiore tant de reliques, que c'était un prodige; le jour fixé, maître Manente comparut et on n'attendait plus que le Vicaire, qui vint après vêpres avec peut-être trente des religieux les plus renommés de Florence; il s'assit au milieu de l'église sur un siège préparé pour lui, et fit amener et mettre à genoux devant lui maître Manente, sur lequel deux frères de Saint-Marc chantèrent des évangiles, des psaumes, des hymnes et des oraisons; après cela, ils lui jetèrent de l'eau bénite et de l'encens; enfin, les prêtres et les frères lui firent toucher tour à tour leurs reliques; mais tout cela était inutile, le médecin ne changeait nullement; il saluait respectueusement tout le monde, remerciait

Dieu, se recommandait au Vicaire et priait de le laisser aller. L'église regorgeait de monde, chacun attendait des événements extraordinaires, quand un moine venu de Vallombrosa, qui était jeune et vigoureux, de plus, exorciseur par excellence, se présenta et dit : « Laissez-» moi un peu faire, je vous dirai bien » vite s'il est possédé ou non. » Il lui lia les mains avec soin, lui mit sur le dos le manteau de Saint Philippe, et entreprit de le questionner et de l'exorciser; toujours le médecin répondait à propos : mais comme le frère disait dans ses exorcismes des choses à faire rire des pierres, maître Manente eut le malheur de ricaner un peu; alors le frère dit aussitôt : « Je le tiens. » Il donna au médecin deux soufflets bien appliqués. « Tu es un ennemi de Dieu, » lui dit-il, « il faut que tu sortes à tout prix. » Cela ne plut guère à Manente et il cria : « Exorcise tant que tu voudras! » Mais le frère, lui donnant toujours des coups de poing dans la poitrlne et dans les flancs, continuait à dire : « Ah! malin » esprit, tu t'en iras malgré toi. » Le médecin, qui ne pouvait se défendre qu'avec la langue, criait : — « Ah! mau- » dit frère, traître, est-ce ainsi qu'on se » conduit avec de braves gens? n'as-tu » pas honte, coquin, ivrogne, de battre » de cette façon un homme comme moi? » Par le corps de Notre Seigneur! je » me vengerai. » Le frère, l'entendant blasphémer, se jeta sur lui, le précipita par terre, lui mit les pieds sur le corps et les mains à la gorge; il aurait fini par l'étouffer si maître Manente ne s'était mis à demander grâce au nom de l'amour de Dieu; alors messer le frère le lâcha; il pensa que le diable allait sortir et lui dit : « Quelle preuve me donneras-tu? » Alors le Monaco, qui était venu avec Nepo dans l'église par ordre du Magnifique et qui s'était mêlé à la foule, dit à Nepo qu'il était temps.

Aussitôt celui-ci se mit à crier à haute

voix : « Écartez-vous, écartez-vous, gens » de bien ; faites-moi place, je viens » pour parler au Vicaire et pour décou» vrir la vérité. » Quand on entendit cette voix prononcer ces paroles et qu'on vit la mine de l'homme qui les prononçait, grand et bien fait de sa personne, le teint si olivâtre qu'il tournait au noir, la tête chauve, le visage maigre et effilé, la longue barbe brune tombant jusque sur la poitrine, habillé de vêtements grossiers et d'une forme extraordinaire, tout le monde fut étonné et effrayé. On lui fit place volontiers, si bien qu'arrivé en présence du Vicaire, il débarrassa de ce frère maître Manente, qui crut ressusciter, et il parla dans les termes que voici : « Afin que la vérité soit connue » de tous, comme c'est la volonté de » Dieu, sachez que maître Manente que » voici n'est jamais mort ; tout ce qui » lui est arrivé est le résultat d'opérations » magiques, de la puissance diabolique ; » c'est mon œuvre à moi, Nepo de Ga-

» latrona, qui fais faire à la diablerie
» tout ce que je veux et tout ce qui me
» plaît. C'est moi qui, pendant qu'il
» dormait à San Martino, l'ai fait porter
» par deux diables dans un palais en-
» enchanté et l'y ai retenu, comme vous
» le lui avez entendu dire, jusqu'à ce
» que je l'aie fait abandonner un matin
» au lever du jour dans les bois de Ver-
» nia; j'ai fait prendre aussi à un esprit
» follet un corps aérien semblable au
» sien, je lui ai fait visiter maître Manente
» malade de la peste; lorsque à la fin
» cet esprit fut mort, on l'enterra à la
» place du médecin et c'est ce qui a
» donné lieu à tous les évènements que
» vous connaissez. J'ai fait faire tout cela
» pour jouer un mauvais tour et causer
» de la honte à maître Manente, en re-
» présailles d'une injure autrefois reçue
» de son père dans la cure de San Ste-
» fano : injure dont je n'ai jamais pu
» me venger sur son auteur à cause d'un
» scapulaire qu'il portait constamment

» sur lui et sur lequel était écrite l'oraison
» de Saint Cyprien. Pour reconnaître la
» vérité de mes paroles, allez ouvrir la
» tombe où fut enterré celui qu'on prit
» pour le médecin ; et si vous n'y voyez
» pas des preuves manifestes que tout ce
» que je vous dis est vrai, tenez-moi
» pour un menteur, pour un imposteur,
» et faites-moi trancher la tête. »

Le Vicaire et tous les autres assistants avaient prêté grande attention au discours de Nepo. Maître Manente, plein de colère et d'effroi, le regardait de travers, d'un air égaré ; le peuple entier ne le quittait pas des yeux. Le Vicaire, voulant éclaircir complètement le fait et sortir de cet embarras, dit à deux frères de Saint-Marc et à deux autres de la Sainte-Croix d'aller vite découvrir ce bienheureux tombeau. Ils se mirent aussitôt en route et furent suivis d'une foule d'autres moines, de prêtres, et de séculiers en grand nombre. Nepo était resté dans l'église près du Vicaire et de maître Manente, qui, en ayant bien un peu peur, ne se risqueraient pas à le regarder fixement au visage : ils n'étaient pas loin de croire, avec le plus grand nombre de ceux qui étaient là, que cet homme était Simon le magicien ou un nouveau Malagigi. Cependant les moines et toute la foule qui les suivait étaient arrivés au cimetière de Santa Maria Novella ; ils firent appeler le sacristain et se firent montrer le tombeau dans lequel on pensait que le corps du médecin avait été placé. Le matin, une heure avant le jour, le Monaco avait apporté de Careggi, par ordre du Magnifique, un pigeon noir comme de la poix ; c'était un oiseau dont le vol était le plus rapide qu'on ait jamais vu, et il savait si bien retrouver son colombier qu'il y était revenu même d'Arezzo et de Pise ; le Monaco, ayant pris ses précautions pour n'être vu de personne, avait mis le pigeon dans cette tombe qu'il connaissait à merveille, et l'avait ensuite refermée de telle sorte qu'elle semblait ne pas avoir été ouverte depuis dix ans. Le sacristain fixa un crochet à la pierre et l'enleva; en présence de plus de mille personnes, il découvrit la tombe d'où ce pigeon, qui avait nom Carbone et qui y était resté plusieurs heures dans l'obscurité sans manger, voyant la lumière, sortit aussitôt; il prit son vol et s'élança hors du tombeau, se dirigeant à la vue de tous droit vers le ciel; il monta si haut qu'il découvrit Careggi; puis, se laissant descendre, il se dirigea de ce côté et y arriva en moins d'un huitième d'heure. Tous ceux qui étaient là éprouvèrent tant d'étonnement et de frayeur, que chacun, en criant : « Jésus! miséricorde! » courait sans savoir où il allait; de frayeur, le sacristain tomba à la renverse et entraîna avec lui la pierre qui lui cassa une cuisse, et le rendit éclopé pour bien des jours et bien des semaines. Les moines et une grande partie de la foule se mirent à courir vers Santa Maria Maggiore en criant : « Mi-

» racle! miracle! » L'un disait qu'il était sorti de la tombe un esprit en forme d'écureuil, mais qui avait des ailes; un autre, que c'était un serpent qui avait jeté du feu; d'autres voulaient que ce fût un démon changé en chauve-souris; mais la plupart affirmaient que c'était un diablotin, et il y en avait qui disaient avoir vu ses petites cornes et ses pieds en pattes d'oie.

A Santa Maria Maggiore, où attendaient le Vicaire et maître Manente, avec une immense multitude, arriva, presque en courant, une foule de religieux et de séculiers, criant d'une seule voix : « Miracle! miracle! » de sorte qu'on s'attroupa autour d'eux et que chacun se poussait en avant pour savoir le fin mot de l'affaire. Pendant ce temps Nepo, qui s'était approché d'une porte de côté, aidé par les bons coups d'épaule des affidés de Laurent et du Monaco, trouva moyen de se glisser hors l'église, malgré la foule, sans que personne s'en aperçût; étant monté sur un bon roussin qui l'attendait, il partit et s'en retourna à sa maison, comme cela avait été arrangé. Le Vicaire s'étant fait bien et dûment expliquer par les moines tout ce qu'ils avaient vu, en demeura ébahi, stupéfait, et il regarda autour de lui s'il apercevait Nepo; ne le voyant pas, il se mit à crier qu'on s'en emparât, parce qu'il voulait le faire brûler comme un vrai sorcier, un magicien et un enchanteur; mais on ne le trouva nulle part et on crut qu'il avait disparu grâce à quelque sorcellerie. Alors le Vicaire, après avoir donné congé à tous les prêtres et à tous les moines, et leur avoir dit de remporter leurs reliques, s'en alla, en compagnie de maître Manente, au palais pour voir le Magnifique.

Burchiello s'était tenu à l'écart avec quelques-uns de ses amis et, tout bien vu et bien considéré, il avait tant ri qu'il en avait mal aux mâchoires; surtout quand messer le frère avait rossé maître

Manente. Les deux orfèvres associés, stupéfaits et mécontents, avaient assisté à toute cette procédure ; quand ils virent le Vicaire se diriger vers le palais, ils le suivirent pour voir s'ils sortiraient enfin de cet imbroglio. Le Magnifique s'était fait rendre compte à chaque instant de tout ce qui se passait, et il ne pouvait encore s'empêcher de rire avec sa société, formée de quelques gentilshommes et de ses amis les plus chers, lorsqu'il apprit que le Vicaire était là et venait le voir ; aussitôt entré, celui-ci se mit à crier qu'il voulait les hommes du Bargello pour les envoyer prendre Nepo de Galatrona. Laurent, ayant l'air de ne rien savoir, se fit tout raconter à nouveau et finit par dire : « Messer le Vicaire, ne » nous pressons pas, de grâce, en ce qui » concerne Nepo, mais que dites-vous » de maître Manente ? — « Je dis, répondit le Vicaire, « que c'est bien lui, » sans le moindre doute, et qu'il n'est » jamais mort. » — Donc, » reprit le

Magnifique, « je vais prononcer ma sen-
» tence pour que tous ces pauvres gens
» sortent d'un si cruel embarras. » Il fit appeler Niccolajo et Michelagnolo, qu'il avait vus là, en présence du Vicaire et d'une foule de gens honorables et distingués ; il voulut les voir baiser et embrasser maître Manente ; les trois hommes se réconcilièrent et se firent des excuses réciproques, rejetant toute la faute sur Nepo.

Après cela, le Magnifique prononça son jugement en ces termes :

« *Michelagnolo devra emporter dans le*
» *courant du jour suivant, de la maison*
» *de maître Manente, tout ce qu'il y a*
» *apporté. La Brigida, avec quatre che-*
» *mises seulement, une jupe et une cotte,*
» *ira demeurer dans la maison de son*
» *frère jusqu'à son accouchement. L'enfant*
» *fait, Michelagnolo aura la faculté de le*
» *prendre ou non ; s'il n'en veut pas, le mé-*
» *decin pourra aussi le prendre ; si personne*

*» n'en veut, on le mettra aux Innocents;
» de toutes façons, les frais de l'accouchement
» ment seront à la charge de Michelagnolo.
» Le médecin rentrera tranquillement dans
» sa maison avec son fils. Plus tard, quand
» la Brigida sera relevée de couches et aura
» fait ses dévotions, elle ira retrouver
» maître Manente, qui devra la reprendre
» comme sa bonne et chère épouse. »*

Cette sentence plut à tout le monde, et les personnes qui l'entendirent prononcer firent l'éloge du Magnifique; les orfèvres et le médecin lui adressèrent les remerciements les plus vifs et partirent enchantés; ils soupèrent tous ensemble parfaitement d'accord, dans la maison de maître Manente, avec la Brigida et en compagnie de Burchiello, chez lequel alla ensuite coucher le médecin. Messer le Vicaire, resté avec le Magnifique, voulait qu'on envoyât prendre Nepo pour le brûler, mais Laurent dit qu'il valait bien mieux rester tranquille, parce que si on voulait se saisir de lui, on n'y arriverait pas, Nepo ayant mille moyens de se sauver et de ne pas se laisser prendre, par exemple, en se rendant invisible, en se changeant en oiseau, ou en serpent, en inventant une foule d'autres procédés pour se moquer des poursuites; il ajouta que notre Seigneur Dieu devait avoir donné cette puissance à la famille de Galatrona dans quelque but louable que les hommes ne connaissaient pas encore; il fit observer de plus qu'il y aurait fort à craindre que Nepo, voyant les mauvaises intentions qu'on avait pour lui, ne rendît ses persécuteurs muets, ne les fît loucher, ne leur tordît la bouche, ne les rendît paralytiques ou infirmes. Là-dessus le Vicaire, qui était, comme vous l'avez bien vu déjà, bon homme et de facile composition, se rangea tout de suite de l'opinion du Magnifique; il s'excusa en disant qu'il n'en savait pas si long et qu'il valait mieux ne plus parler de tout cela; cette résolution prise, il quitta le Magnifique, non sans avoir bien peur d'attraper quelque maladie extraordinaire, et il rentra dans son palais. Jamais de la vie on ne l'entendit plus parler de Nepo ni en bien ni en mal.

Le jour suivant, Michelagnolo emporta tout ce qui était à lui de la maison de maître Manente, et dame Brigida s'en alla chez son frère. Tout ce qui était la propriété du médecin lui resta et, le même jour, il revint habiter sa maison avec son fils; c'était un rêve pour lui. On ne faisait autre chose à cette époque, à Florence, que parler de cette histoire; ce fut Nepo qui en eut tout l'honneur et qui y conquit une réputation colossale; le peuple surtout le considéra dès lors comme le plus grand des magiciens. Maître Manente crut réellement que tout s'était passé comme l'avait dit Nepo; il lui arrivait souvent de dire en causant avec quelqu'un : « Il arrive au » père de manger telle poire qui agace » les dents du fils. » Ce propos est passé peu à peu en proverbe et il s'est propagé jusqu'à nous. Il ne fut jamais possible de lui faire croire autre chose, bien que non seulement Burchiello, mais, par la suite, le Magnifique, le Monaco et les affidés, aient dit comment le tour avait été joué. Bien plus, très intimidé toujours, il avait fait acheter beaucoup d'oraisons de Saint Cyprien, il en portait toujours sur lui et il en faisait porter à sa Brigida. Celle-ci avait fait à terme un enfant mâle, qui fut pris par Michelagnolo et élevé par lui jusqu'à l'âge de dix ans; le père étant mort à cette époque, ses parents en firent un petit moine à Santa Maria Novella; avec le temps, il acquit de hautes connaissances littéraires et devint un célèbre prédicateur; ses bons mots, ses propos aimables, le firent surnommer Fra Succhiello. Maître Manente ne pensa plus qu'à vivre heureux avec sa Brigida, augmentant sa fortune et sa famille; et, tous les ans, tant qu'il vécut, il célébra la fête de Saint Cyprien et eut pour lui une dévotion particulière.

Les jeunes gens et les dames avaient écouté avec une grande attention et un plaisir infini la nouvelle d'Amaranta, dont ils n'avaient, malgré sa longueur, éprouvé aucun ennui; au contraire, elle avait singulièrement plu à tous, et on disait, sans faire tort au Pilucca, au Scheggia et à leurs camarades, que ce tour-là damait le pion à tous les autres.

La belle Amaranta, voyant l'heure venue de clore la veillée, s'exprima en ces termes : « Puisque les soupers sont finis et les Nou- » velles achevées; puisque, grâce à la protec- » tion du Très-Haut roi du ciel, nous avons » mené notre projet à bonne fin, je trouve » que nous ferons bien d'aller dormir tous » tant que nous sommes; car une bonne » partie de la nuit, la plus grande partie » même, est passée. » Tout le monde ayant approuvé cette proposition, elle se leva, appela les domestiques et les servantes et leur indiqua ce qu'ils devaient faire, puis elle continua en souriant : « Chers jeunes gens

» et vous, jeunes filles bien-aimées, avant de » nous en aller au lit et bien qu'il soit tard, » il me semble qu'il faudrait, comme il est » d'usage quand on passe ainsi la nuit, que » ceux qui en ont envie fissent une petite » collation; car, tout bien considéré, il y a » si longtemps que nous avons soupé que nous » pourrions presque recommencer.» Les jeunes gens trouvèrent l'idée excellente et elle leur plut beaucoup. Sur ces entrefaites parurent, apportés par des serviteurs, trois immenses plats d'étain posés sur des réchauds et pleins de truffes fraîches et bien préparées; alors les jeunes gens, qui ne comptaient que sur des boudins blancs, des tourtes aux herbes, des gâteaux, des massepains ou autres pâtisseries de ce genre, toutes choses communes et qui ôtent le goût au vin, se réjouirent à l'excès; ils quittèrent vite leurs sièges auprès du feu, et se mirent à manger ces truffes et à boire de bon cœur. Mais, soit par discrétion, soit qu'elles n'en eussent pas envie, aucune des dames, bien que vivement sollicitées par les jeunes gens, ne voulut y goûter. Il y en eut deux seulement qui burent un demi-verre de vin trempé d'eau; ensuite, elles prirent, avec

Amaranta, gracieusement congé des jeunes gens qu'elles laissèrent à table, et allèrent se reposer dans leurs chambres. Les jeunes gens, après s'être bien gavés de truffes et avoir bu à discrétion, restèrent à coucher chez Fileno; quelques-uns cependant rentrèrent dans leurs maisons bien accompagnés.

APPENDICE

DEUX NOUVELLES

Attribuées au Lasca

PREMIÈRE NOUVELLE

—

Il y eut naguère, dans notre illustre cité, un certain Bartolomeo, de la famille des Avveduti, très noble personnage, beaucoup mieux pourvu des dons de la nature que de ceux de l'esprit. De même qu'il arrive souvent à un homme éminent et distingué d'avoir une bête pour femme, de même celui-ci eut en partage, pour son bonheur ou pour son malheur, peu importe, une des plus gracieuses, des plus aimables et des plus honnêtes jeunes filles qu'il y eût alors, non seulement à Florence, mais dans toute la Toscane. Comme elle était merveilleusement belle, elle était aimée et courtisée par beaucoup de gens, les premiers et les plus riches du pays; mais son honnêteté et sa réserve étaient si grandes, qu'ils ne tardaient pas à voir qu'ils prenaient une peine inutile; ne pouvant obtenir d'elle ni un sourire, ni un regard d'encouragement, ils perdaient tout espoir et renonçaient à leur entreprise.

Parmi ses adorateurs était un tout jeune homme, le plus beau, le plus aimable de tous, qui, enflammé d'une plus vive ardeur pour ses charmes, ses manières et sa grâce, ne se laissa pas effrayer par sa dureté et continua pendant des jours et des mois à poursuivre ses amoureux desseins, en homme dont le cœur a été percé des traits les plus acérés de l'Amour. Ce jeune homme s'appelait Ruberto Frigoli, et, de concert avec un de ses fidèles amis et camarades, nommé Arrighetto, qui était adroit et très rusé et auquel il avait découvert son amour, il employait tous les moyens possibles pour arriver au but ardemment désiré; ils en avaient déjà essayé une foule, mais aucun ne leur avait encore réussi.

Bartolomeo demeurait seul dans sa maison avec sa femme, dont le nom était Ginevra, et sa servante; ils n'avaient qu'un fils d'un an ou environ qui était en nourrice à Mugello; bien que Bartolomeo fût plutôt vieux que jeune, il n'en était pas moins vert, bien portant et gaillard, surtout pour ce qui concerne le service des dames, qu'il aimait beaucoup; et, quoique le vin de sa maison fût excellent, il aimait à boire celui d'autrui. Toujours cependant, soit jalousie, soit sottise, soit tout autre motif, il voulait faire chez lui ses équipées, et il avait pour cet usage une chambre préparée au rez-de-chaussée. Sa maison avait, comme beaucoup d'autres, une porte de derrière qui ouvrait sur une rue assez mal habitée; juste en face demeurait une femme nommée la Baliaccia, qui faisait, comme on dit, tous les métiers, mais qui était par dessus tout excellente ruffiane et avait toujours sa maison pleine ; il y venait des servantes débauchées, des jeunes filles qui avaient mal tourné, des femmes sur le point d'accoucher, des putains étrangères, de sorte qu'elle avait toujours de la marchandise nouvelle. Bartolomeo avait l'habitude de regarder par la fenêtre d'une pièce où il entretenait des pigeons et d'où il voyait toute la salle de la Baliaccia ; quand, par hasard, il apercevait quelque minois avenant ou quelque femme pour laquelle il se sentait un caprice, il s'entendait avec la ruffiane et se passait sa fantaisie ; il faisait entrer de nuit la belle dans sa maison par la porte de derrière, et la faisait sortir avant le jour ; cela lui arrivait deux fois ou au moins une fois par semaine : il faisait croire à sa femme qu'il était obligé de coucher seul pour raison de santé.

Mais Ruberto épiait, comme le font les

amants diligents, non seulement les allées et venues de sa bien-aimée, mais encore celles du mari; il savait que souvent ce dernier couchait, grâce à la Baliaccia, avec quelque femme de mauvaise vie et, pour arriver à l'accomplissement de ses désirs, il s'était fait une amie de l'entremetteuse avec l'aide d'Arrighetto, sans lequel il n'aurait pas pu faire un pas. Tous deux lui avaient à plusieurs reprises graissé la patte, et ils avaient reçu d'elle aide et conseil pour leurs menées amoureuses; car Arrighetto avait combiné un plan avec beaucoup de ruse et d'adresse; le commencement ayant réussi, il espérait bien que la suite réussirait mieux encore, et que la fin serait excellente.

Bien des jours auparavant, les jeunes gens avaient fait venir d'Antella, village éloigné de Florence d'environ six milles, où se trouvaient deux terres d'Arrighetto, une jeune paysanne qui s'était laissée débaucher depuis peu par la faute de son propre mari, et qui, remise par le prêtre entre les mains d'Arrighetto, en avait été bien accueillie et largement fêtée, parce qu'elle était jeune et très appétissante. Ils l'avaient adroitement placée dans la maison de cette Baliaccia, uniquement pour arriver à ce que Bartolomeo s'en amourachât et pour mener à bonne fin les desseins qu'ils avaient formés; ils avaient recommandé à la ruffiana de dire à Bartolomeo, s'il le lui demandait, que c'était une noble dame Romaine, qu'elle s'appelait Lucrezia, comme l'illustre dame de l'antiquité, et qu'elle n'avait jamais été qu'avec Arrighetto.

Ruberto avait par hasard depuis peu chez lui une sœur, qui avait hérité de son mari mort; elle avait apporté avec elle presque toutes ses hardes et, entre autres, beaucoup d'habits de drap de différentes sortes, des anneaux, des chaînes. On en habillait quelquefois la jeune paysanne, qui, grâce au fard qu'elle mettait, aux riches et beaux vêtements qui semblaient taillés à sa mesure, aux anneaux, aux chaînes, paraissait bien plus noble et plus belle ; on lui avait dit ce qu'elle devait faire, et, quand Bartolomeo venait à la fenêtre pour regarder, elle lui faisait des yeux et du geste toutes les avances possibles ; si bien que le projet des jeunes gens ne réussit que trop et que Bartolomeo s'enflamma au point de ne savoir où se mettre le jour et la nuit, surtout quand il eut appris de la Balaccia que c'était une noble dame Romaine, ce qu'on lui fit croire facilement en lui racontant une longue histoire. Il essaya plusieurs fois de coucher avec elle, comme il avait l'habitude de le faire avec les autres ; mais il fut toujours repoussé par l'entremetteuse, qui l'effrayait en lui disant que Lucrezia était pour Arrighetto tout seul. « Il est riche et noble, » lui disait-elle ; « il ne la laisse manquer de » rien, aussi craint-elle de lui déplaire. » Bartolomeo avait encore peur d'Arrighetto, qui aurait bien pu lui faire un mauvais parti s'il avait appris quelque chose; il n'avait donc pas d'autre consolation que de rester à la fenêtre, quand il pouvait, pour regarder sa bien-aimée; il ne cessait de prier la Baliaccia, de lui dire de ne pas regarder à l'argent et de faire en sorte que Lucrezia couchât au moins une nuit avec lui. La commère, à qui on avait fait la leçon, répondit que c'était impossible; cependant, un jour, quand le moment parut venu aux jeunes gens, et d'après leurs ordres, elle dit à Bartolomeo qu'émue de compassion et cédant à ses prières, elle voulait, à tout risque, parler en sa faveur à la Lucrezia et voir quelles étaient ses intentions pour lui. Bartolomeo, enchanté, lui donna je ne sais combien d'argent, et, après lui en avoir offert encore beaucoup, il la quitta tout joyeux.

La Baliaccia rapporta le fait aux deux jeunes gens, qui lui dirent ce qu'elle devait faire. Le jour suivant, elle alla trouver Bartolomeo, et lui raconta tout ce qu'elle prétendait avoir dit en sa faveur à la jeune dame ; elle lui annonça que Lucrezia s'était gracieusement déclarée prête à faire tout ce qu'elle voudrait, pourvu que la chose demeurât secrète et qu'Arrighetto n'en sût rien ; mais qu'il fallait attendre le moment favorable, et que ce serait quand Arrighetto irait à la campagne et la laisserait seule. Cette communication plut infiniment à Bartolomeo, qui, après avoir renouvelé ses offres de service, prit congé et attendit cette bienheureuse nuit avec plus d'impatience que le prisonnier n'attend la bonne nouvelle qui le fera sortir de sa prison ; Ruberto et Arrighetto étaient enchantés de voir l'affaire en aussi bon train.

Un matin donc, par leur ordre, la Baliaccia attendit que Bartolomeo sortit de sa maison, et, après les salutations d'usage, elle lui dit qu'Arighetto venait de partir à l'instant même pour la maison de campagne de Ruberto son ami, et qu'il y resterait deux ou trois jours au moins; et, pour en venir au fait, elle ajouta que Lucrezia voulait bien venir coucher le soir avec lui, à la condition qu'il lui donnerait dix ducats: elle voulait les avoir d'avance. Bartolomeo s'imagina qu'il touchait le ciel du doigt, et il répondit à l'entremetteuse : — « Ne craignez rien, les voici, ils sont tous en » or, » et il lui montra sa bourse. Ils demeurèrent d'accord que le soir vers une heure, comme d'habitude, Lucrezia viendrait par la porte de derrière, et ils allèrent chacun à leurs affaires.

Bartolomeo alla d'abord à l'église faire ses dévotions; ensuite, en passant par le Marché, il fit ses emplettes pour avoir un bon dîner, et, le soir, un souper copieux; puis il alla chez le barbier et se fit raser pour paraître plus jeune et plus frais à sa bien-aimée. Aussitôt après dîner, il se mit à dormir pour être mieux éveillé la nuit et mieux disposé à l'amoureux combat. Quand il eut assez dormi, il se leva et s'en alla à la fenêtre ; il était à peu près vingt et une heures. Il chercha à voir celle qui le faisait mourir; elle se montra à lui à peine, à peine, derrière sa fenêtre, par intervalles lui faisant des sourires et des petits signes, si bien que Bartolomeo en éprouvait un plaisir trop vif et qu'il serait bien resté là un jour entier qui aurait passé comme une heure. Sa femme croyait qu'il restait à regarder les pigeons et à leur donner à manger.

Le moment venu, Arrighetto (sachant bien que Bartolomeo le voyait) se présenta à la porte, suivi par un domestique; il avait le visage renversé, l'air en colère; il frappa le plus fort qu'il put; on lui tira vite le cordon et il entra comme un furieux, en poussant la porte. Bartolomeo, étonné et mécontent, jugea, en voyant cela, que c'étaient les tristes vigiles d'une vilaine fête, et, tout chagrin, il attendit la fin; peu après, il vit sortir de la maison Arrighetto bouffant de colère si fort qu'on l'aurait pris pour un porc-épic; derrière lui venait le domestique avec un paquet de hardes sous le bras et un autre sur la tête; Lucrezia les suivait et elle tenait, ainsi qu'on le lui avait recommandé, son mouchoir sur ses yeux, comme si elle pleurait la mort de sa mère.

Bartolomeo avait tout vu de la fenêtre; il avait tant de chagrin qu'il ne savait que faire. Quand il vit tout son bonheur parti sans savoir où le retrouver, il lui sembla qu'il s'écoulerait mille ans avant qu'il pût revoir l'entremetteuse; il s'en alla à la porte, et chercha à la voir seule; mais elle ne l'eut pas plus tôt aperçu par les fentes du châssis, qu'elle vint dans la rue en faisant mine de sortir pour une autre affaire. Aussitôt Bartolomeo l'appela et lui dit presque en pleurant: « Balia, qu'est-ce que j'ai vu là? oh! tu » ne me dis rien? où s'en sont allés mon » bien, mon espérance, ma consolation, » ma vie, mon âme? — Hélas! » répondit la Baliaccia, « par ma foi! je n'en » sais rien; mais il ne faut pas s'attendre » à grand'chose de bon pour elle, parce

» que Arrighetto paraissait furieux et » même enragé; il lui a dit, en blasphé- » mant horriblement, de prendre ses » hardes et toutes ses affaires, et, après » en avoir chargé son domestique, il lui » a ordonné de le suivre. La pauvrette » avait si peur qu'elle ne savait plus dans » quel monde elle était; et, ne pouvant » lui résister, elle a été obligée de faire » ce qu'il voulait; elle n'a pas eu, à son » grand regret, le loisir de me dire » adieu, et, comme vous l'avez vu, elle » s'en est allée presque en pleurant.
» — Et il n'a pas dit où il voulait la con- » duire et ce qu'il en voulait faire ? » continua Bartolomeo. — « Non, mes- » ser, » répliqua la Balia ; et elle ajouta en frappant ses mains l'une contre l'autre : « Ah ! malheureuse, dans quelles » mains vas-tu tomber ? Dieu le sait ! et » cependant tu mériterais tout le bon- » heur possible ! Oh ! oh ! infortunée ! » elle est toute jeune ! que Sainte Marie » de Fossombrone la prenne sous sa

» protection et la préserve de tout péril
» sur mer et sur terre! — Comment!
» sur mer ? » reprit Bartolomeo, « doit-
» elle donc quitter Florence et prendre
» la mer? Oh! malheureux que je suis!
» que deviendrai-je après cela? — Non,
» non, » répondit l'entremetteuse, « je
» ne dis pas pour cela qu'elle doive na-
» viguer, j'ai seulement voulu faire la
» prière complète. » Elle fit alors semblant d'être pressée et demanda à Bartolomeo s'il voulait d'elle autre chose. — « Hélas! » dit-il, « as-tu donc si vite
» oublié ce qui était convenu pour cette
» nuit? ne sais-tu pas que je devais me
» trouver en paradis? — Je n'ai pas ou-
» blié, messer, » répondit-elle, « mais
» que voulez-vous faire si les cent paires
» de diables se sont mises à la traverse
» et sont venues nous opposer leurs
» cornes et leurs queues? Il faut avoir
» de la patience; il n'y a pas d'autre
» moyen. » Elle voulait partir, mais Bartolomeo la retint et lui dit : — « Oh!

» ne sais-tu pas combien je suis malheu-
» reux de ce qui lui arrive ? Ne vois-tu
» pas où j'en suis et que la vie n'est plus
» possible pour moi, si tu ne me donnes
» pas quelque espérance. — Laissez-moi
» faire, » répondit-elle, « et n'ayez au-
» cune crainte, car je connais ce domes-
» tique avec lequel elle est partie et je le
» chercherai tant que je ne manquerai
» pas de le trouver; par lui, je saurai
» tout; et, s'il y a moyen, soyez sûr que
» je ferai tout ce que je pourrai dans
» votre intérêt. » Après lui avoir promis de revenir avec la réponse le plus tôt qu'elle pourrait, elle s'en alla, laissant accablé de tristesse et de chagrin Bartolomeo, qui s'en retourna chez lui.

Arrighetto, quand il était venu chez la Baliaccia pour chercher Lucrezia, avait amené avec lui un serviteur d'un de ses oncles, nommé Marco Cimurri, lequel s'en était allé, avec sa femme et sa famille, à la campagne dans une propriété petite, il est vrai, mais belle et fort agréable, qu'il avait au village de Settignano, à quatre milles de la ville. Il avait laissé pour garder sa maison ce domestique qu'il avait prêté à Arrighetto, parce qu'il était neveu de son maître. Arrighetto et Ruberto avaient résolu de s'en servir pour achever l'œuvre commencée. Cette maison était de l'autre côté du Carmino, dans une rue solitaire ; elle était fort agréable du reste, et belle, et elle renfermait des chambres bien meublées ; c'est là que les deux jeunes gens avaient mené Lucrezia et commandé un souper somptueux. Ruberto ne se sentait pas de joie ; il tenait pour certain qu'il pourrait joindre dame Ginevra et s'en faire une bonne amie pour toujours. Le soir venu, lui, Arrighetto, la dame et le serviteur soupèrent gaiement ; puis, après avoir longuement causé de leurs affaires, ils se mirent au lit. Au contraire, Bartolomeo ne put avaler le soir une seule bouchée ; sa femme lui répétait à chaque instant : « Que vous est-il donc arrivé ? Est-ce

» que vous avez mal aux dents ? il semble » que vous ne pouvez manger. — Non, » répondait-il, « cela vient de ce que je ne » suis pas sorti aujourd'hui après dîner » et que je n'ai rien digéré, à cause de » ces maudits pigeons. — Par ma foi ! » s'écria dame Ginevra, « vous n'avez » jamais d'autre occupation que de rester » auprès d'eux ; on dirait que c'est votre » boutique. — C'est vrai, » répliqua Bartolomeo ; et tout en causant ainsi, ils allèrent se coucher quand ils en eurent envie ; mais une fois entré au lit, Bartolomeo ne put pour ainsi dire fermer les yeux de la nuit ; il ne cessait de penser à sa bien-aimée et à la mésaventure qu'il avait eue pendant le jour, de sorte qu'il ne faisait autre chose que soupirer. Sa femme, l'entendant geindre ainsi, lui disait : « Pour Dieu ! qu'avez-vous ? qu'y » a-t-il donc ? avez-vous mal quelque » part ? » Il répondait : — « Non, je » n'ai rien, » et il continuait à soupirer et à se plaindre. La dame, qui aimait son mari, le priait de lui dire le motif de ses profonds soupirs et de ses plaintes amères ; il répondait toujours qu'il n'avait rien, et cela dura jusqu'au matin ; alors il se leva et s'en alla à une petite église voisine, à quelques pas de sa maison. La Baliaccia, qui voulait achever son œuvre et qui connaissait les habitudes de Bartolomeo, l'y attendait. Il n'eut pas plus tôt mis le pied sur le seuil, qu'elle se présenta à lui d'un air joyeux et presque en riant : « Que Dieu vous donne satisfac» tion ! » Bartolomeo devina tout de suite qu'elle devait lui apporter de bonnes nouvelles ; il la mena dans un des bas côtés et lui dit : — « Pourquoi es-tu ici » de si bon matin, ma bonne Balia ? » — Pour vous servir, » répondit-elle, « et vous allez en avoir la preuve. » — Hélas ! ma chère Balia, » continua-t-il, « tire-moi de l'enfer ; dis-moi, » qu'as-tu fait de bon ? — J'ai tant fait, » répliqua la Baliaccia, « que vous ne sau» riez demander mieux ; » et elle ajouta :

« Comme je vous l'ai dit, je connais ce » domestique, et j'ai fait tant de pas de » côté et d'autre, hier après vous avoir » quitté, que je l'ai rencontré sur le tard » en haut de la place San-Lorenzo; de » propos en propos, j'ai fini par lui faire » dire ce que je voulais savoir et, pour ne » pas vous faire languir, il m'a appris » qu'Arrighetto a fait sortir Lucrezia de » ma maison par économie, parce qu'il » peut la loger sans aucuns frais dans la » maison d'un oncle à lui, maître dudit » serviteur, qui est à la campagne avec » toute sa famille. S'il était furieux et » s'il avait l'air enragé, c'est qu'il avait » perdu au jeu vingt-cinq écus ; il a » ajouté qu'Arrighetto est parti tout de » suite à cheval pour la propriété de son » ami Ruberto Frigoli, dans le Valdelsa. » Cela plut infiniment à Bartolomeo. Elle ajouta qu'elle avait si bien su entortiller le serviteur, qu'il l'avait menée dans sa maison, où elle avait parlé à Lucrezia, qui était toujours dans les mêmes dispositions et prête à faire tout ce qu'elle voudrait ; on avait alors appelé le domestique chargé de la garder, « et nous » avons, » dit-elle, « tant fait avec de » bonnes paroles et des promesses, que » nous l'avons amené à consentir à tout. » — Hélas! je ne me sens pas de joie, » je m'évanouis, je meurs ! » dit alors Bartolomeo ; « finis, finis vite et dis-moi » la suite. — Je lui ai promis deux du- » cats, » dit-elle ; ainsi il vous en faut » douze, et vous serez au comble du » bonheur ; le mariage pourra se con- » sommer à votre gré, pourvu que l'ar- » gent soit là ; il n'y a plus qu'un obs- » tacle : Lucrezia ne veut pas faire la » nuit une si longue route, parce qu'elle » n'a pas de sauf-conduit et qu'elle a » peur de la garde ; elle ne viendrait pas » de jour, non pas qu'elle craigne pour » elle, mais parce qu'elle veut sauve- » garder votre honneur ; ainsi il faut que » vous veniez dans sa maison. — Il ne » faut pas y penser, » répondit-il ; « plu-

» tôt mourir que d'abandonner ma mai-
» son et de laisser ma femme seule. »
La Balia répliqua : — « Je l'ai toujours
» cru. — Quoi donc ? » reprit Bartolomeo. — « Que vous n'êtes pas vraiment amoureux, » répondit-elle. Il ajouta : — « Je croyais que tu connais-
» sais mon caractère ; ne sais-tu pas que
» toutes les femmes que j'ai eues par ton
» intermédiaire, je les ai eues dans ma
» maison, et que ce n'est pas pour autre
» chose que j'ai une chambre toute
» prête au rez-de-chaussée ? Si tu n'as
» pas trouvé moyen de faire de même
» cette fois-ci, tu m'as rendu un bien
» mauvais service. » Elle répondit alors : — « J'ai bien raison de dire que vous
» n'êtes pas amoureux, et que tout ce
» que vous faites est grimace et singe-
» rie. » Il répliqua : — « Plût à Dieu que
» ce fût la vérité, et je te paierais une
» belle jupe. » La Balia, qui savait où elle voulait mener son homme, continuait à dire la même chose et le désespé-

rait en faisant mine de s'en aller en colère; il la retenait, la priait de voir s'il n'y aurait pas un autre moyen; mais elle sut si bien le prendre et l'exciter, qu'il donna de lui-même dans le piège. Il lui dit: — « Balia, je pense à un » moyen : la maison de Marco Cimurri » est de l'autre côté du Carmino, dans » une rue déserte, où il ne passe pour » ainsi dire personne; je pourrais y aller » entre neuf heures et les vêpres, quand » presque tout le monde est à dîner ou » à dormir; j'entrerais ainsi facilement » sans être vu, et je sortirais tard le » soir. » La Baliaccia, après quelques difficultés, finit par se rendre, et ils décidèrent qu'on ferait de la sorte et que Bartolomeo, après avoir dîné un peu tôt, viendrait, en portant les douze ducats à San Friano où serait l'entremetteuse; tout étant bien convenu, ils se quittèrent.

Bartolomeo alla faire ses dévotions habituelles, et la Balia alla trouver Arrighetto, qui venait de se lever ; elle lui raconta tout bien exactement, ce qui lui causa, ainsi qu'à Ruberto, un plaisir extrême. Ce matin-là, la Balia dîna chez Arrighetto et alla ensuite attendre le vieux à l'église indiquée. Ruberto se mit aux aguets dans la salle, Arrighetto se cacha dans un coin pas bien loin de la maison ; le domestique et la servante, auxquels on avait fait la leçon, se tinrent sur la terrasse et dans la cour ; tous attendaient que l'affaire eût la fin qu'ils souhaitaient.

Cependant, Bartolomeo, après être rentré chez lui et avoir dîné de bonne heure, sortait tout joyeux de sa maison et se dirigeait pas à pas vers San Friano ; il y arriva par la grâce de Dieu et y trouva celle qu'il attendait. La Balia lui dit à peine quelques mots ; elle reçut les douze ducats et fit semblant d'aller en porter dix à Lucrezia et deux au domestique ; elle dit à Bartolomeo de l'attendre et de ne pas s'en aller avant son retour, avant qu'elle lui eût rendu compte. Bartolomeo resta donc plein de joie et d'allégresse; la Balia, comme c'était convenu, alla trouver Arrighetto et lui compta les douze écus, tous en or. Arrighetto lui en donna quatre et lui recommanda de dire à Bartolomeo qu'il vînt au rendez-vous; elle obéit. Elle le trouva à San Friano qui l'attendait et lui dit qu'il pouvait venir quand il voudrait, que tout était arrangé; elle lui expliqua que la porte serait disposée de façon à paraître fermée; qu'il n'avait qu'à la pousser sans frapper lorsqu'il verrait le moment propice, et qu'elle céderait. Ainsi renseigné, Bartolomeo se mit en route, si content qu'il ne sentait pas sa chemise sur son cul; et la Balia rentra chez elle pour s'occuper de ses autres travaux.

Au bout d'un instant, Bartolomeo arriva à la maison où il avait si grande envie d'entrer; lorsqu'il eut trouvé la porte, comme la Balia le lui avait indiqué, il regarda d'abord avec beaucoup

de soin si personne ne le voyait ; puis il entra gaiement, ferma la porte pour tout de bon, et marcha au rez-de-chaussée jusqu'à ce qu'il eût gagné une belle terrasse sur laquelle donnait une vaste cour ; il aperçut aussitôt sa bien-aimée, assise tout contre une porte par laquelle on entrait dans un beau jardin. Elle ne l'eut pas plus tôt aperçu, qu'elle se leva toute riante et le reçut de la façon la plus gracieuse ; elle le prit par la main et le mena dans une superbe chambre du rez-de-chaussée ; elle lui appliqua un bon baiser, le débarrassa de sa robe, et le fit asseoir auprès d'elle sur un petit lit, en lui faisant les plus douces caresses du monde. Bartolomeo, faute d'habitude peut-être, ou faute de savoir faire les cérémonies et les grimaces d'usage, voulut en venir au fait tout de suite ; il se jeta sur elle, la baisa, la suça, chercha à lui lever les jupes; mais Lucrezia se défendit en riant et lui dit : « Ainsi, Bartolomeo, vous vou-
» lez faire cela comme un charretier ? Je

» vous demande une grâce avant d'aller » plus loin. — Dis, » répondit gaiement Bartolomeo. La jeune femme continua : — « La grâce que je vous demande est » celle-ci : puisque la fortune favorable » nous a permis de nous trouver en- » semble, faisons au moins les choses » comme il faut ; ainsi je veux que, pour » votre satisfaction et pour la mienne, » nous nous mettions tout nus au lit, où » nous pourrons nous toucher et nous » caresser de tous les côtés ; il me semble » que nous aurons ainsi deux fois plus » de plaisir et de jouissance. » Bartolomeo fut on ne peut plus satisfait de la proposition et il dit : — « Comment » donc ! ma chère âme, quelle bonne » pensée ! » puis il commença aussitôt à se déboutonner et à mettre bas son pourpoint. La dame voulait l'aider à ôter ses chausses, mais il lui dit presque en colère : « A Dieu ne plaise que je laisse » ma reine me tirer mes chausses ! » Lucrezia fut enchantée de cette indignation, parce qu'en se déshabillant tout seul, Bartolomeo devait y mettre plus de temps ; enfin, quand il fut en chemise, elle se jeta à son cou, le baisa à la Française et le fit mettre au lit ; puis elle fit semblant, en ôtant un habit léger de drap vert qu'elle avait, de ne pas pouvoir dénouer une aiguillette ; elle se trémoussa beaucoup et traîna en longueur le plus qu'elle put. Tout à coup on frappa violemment à la porte deux fois, l'une après l'autre. « Qui cela peut-il être ? » dit-elle. — « Que ce soit qui cela voudra, » répondit Bartolomeo, « dépêche-toi. » Mais celui qui frappait redoubla ses coups, il voulait entrer à toute force. Sur ces entrefaites, arriva à la porte de la chambre le domestique à qui on avait fait la leçon et qui dit sans entrer : « Madame, on » frappe. » Elle lui répondit vite : — « Va » voir qui c'est, et si on te demande » après Arrighetto, dis qu'il n'est pas à la » maison. » Le domestique alla vite à la porte ; il ne l'eut pas plus tôt ouverte que s'étant rendu compte de tout, il retourna en courant à la chambre et dit : — « Madame, nous sommes perdus, » c'est Arrighetto à cheval avec son » ami ! » et il retourna dehors, comme s'il allait les recevoir et les aider à descendre de cheval.

Quand Bartolomeo entendit nommer Arrighetto, il fut pris d'une telle peur qu'il se mit à trembler de tous ses membres; il éprouvait tant d'effroi qu'il pouvait à grand'peine reprendre haleine. La jeune femme lui dit en pleurant : « Hé- » las! vite, vite, sortez de là et venez » que je vous cache, afin que nous sau- » vions au moins notre vie. » Il sauta donc à bas du lit tout effrayé ; elle le prit par la main et le conduisit en chemise, comme il était, en le faisant passer par une antichambre, dans un retrait; elle lui dit qu'il pouvait rester là en toute sécurité, qu'elle s'occuperait de lui, dès qu'elle en aurait la facilité, et elle le laissa dans l'état que vous pouvez penser.

Arrighetto ne fut pas plus tôt entré dans la maison avec son cheval, que Ruberto mit pied à terre, entra avec lui dans la chambre et se mit à se plaindre bien fort pour que Bartolomeo l'entendît, faisant semblant d'avoir reçu à la tête une grave blessure; Arrighetto l'encourageait de son mieux. A la fin, il fit semblant de l'avoir mis au lit et de partir pour chercher le médecin; il sortit lestement de la chambre et feignit, en ouvrant et en refermant la porte, de sortir aussi de la maison. La dame alla pendant ce temps-là trouver Bartolomeo, pour lui raconter ce qu'il avait entendu de ses propres oreilles; le pauvre homme se retourna vers elle, lui demandant comment allait Ruperto, d'où était venue la querelle, qui l'avait frappé; et elle répondit qu'elle n'en savait pas si long, que le coup était à la tête et qu'Arrighetto était allé chercher un médecin. — « Je l'ai bien en» tendu, » reprit Bartolomeo, « mais, » dis-moi, qu'as-tu fait de mes habits qui

» sont restés sur le canapé ? — Je les » ai enfermés dans un grand coffre, » dit Lucrezia ; « ils sont en sûreté ; » et lui promettant encore de venir le plus tôt qu'elle pourrait le consoler et le tirer de là, elle partit.

Sur ces entrefaites, Arrighetto, faisant mine d'avoir avec lui le médecin, frappa à la porte de la rue et entra. Il vint dans la chambre, et il fit, en parlant d'étoupe et d'œufs avec le domestique, qui contrefaisait sa voix, beaucoup de vacarme ; après être restés là quelque temps, ils partirent et dirent à Lucrezia tout ce qu'elle devait faire. Ils prirent ensuite la robe et les pantoufles de Bartolomeo et s'en allèrent au marché, où ils trouvèrent un commissionnaire à qui ils enseignèrent où demeurait madame Ginevra ; ils le chargèrent d'aller lui dire de ne pas attendre son mari pour souper, en lui présentant la robe comme signe de reconnaissance, de lui demander le manteau et le chapeau de Bartolomeo qui devait rester tard le soir avec un de ses amis, de lui recommander de ne pas mettre le verrou et de se coucher quand elle voudrait. Le commissionnaire, bien instruit de tout, alla à la maison de Bartolomeo et fit sa commission auprès de Ginevra, qui, voyant la robe et la reconnaissant, n'eut pas le moindre soupçon et donna, en grondant, le manteau et le chapeau. Le commissionnaire retourna vite à l'endroit où l'attendaient les deux amis; il leur laissa le manteau et le chapeau et s'en alla à sa besogne; quant à eux, ils s'en revinrent gaiement à la maison.

Cependant, la jeune femme était retournée voir Bartolomeo; elle lui avait fait croire que le soir à deux heures, ou le matin avant le jour, Ruberto rentrerait chez lui; elle lui avait donné un pain et un vase d'eau qu'elle portait, le consolait le mieux qu'elle savait et qu'elle pouvait, lui disait d'être tranquille et de ne rien craindre, et que, s'il voulait bien souffrir quelque chose pour elle, elle lui rendrait cela au double. Elle avait toujours l'air toute tremblante, paraissant, tant elle montrait de crainte et de hâte, ne pas pouvoir dire la centième partie de ce qu'elle voulait dire. Bartolomeo s'en aperçut et lui dit de s'en aller bien vite, pour qu'Arrighetto n'eût aucun soupçon et que la chose ne vînt pas à se découvrir; car cela pourrait causer quelque gros scandale. Elle répondit en faisant mine de pleurer : — « Oh! que » vous dites bien vrai! Malheur à moi, » s'il arrivait quelque chose! ayez pa- » tience et gaieté, je viendrai le plus tôt » que je pourrai. — Oui, je t'en prie, » et je me recommande à toi, » dit Bartolomeo. Après l'avoir de nouveau encouragé, elle partit.

Les deux amis soupèrent alors avec Lucrezia. Ayant parlé de bien des choses et longuement conversé, ils se levèrent de table et allèrent se promener au frais dans le jardin, car on était alors à l'époque des plus grandes chaleurs. Bartolomeo, après mille réflexions, éprouva quelque envie de manger ; il mit la main sur le pain qu'on lui avait apporté et en enleva avec peine deux bouchées ; puis il prit le vase, croyant y trouver du vin, mais c'était de l'eau pure. Cela lui parut étrange ; cependant il excusa sa bien-aimée, pensant qu'elle n'avait pas pu faire autrement, et il se mit à attendre la colombe avec une extrême patience ; mais, pour cette fois, c'était le corbeau qui allait venir.

Arrighetto et Ruberto envoyèrent Lucrezia se coucher dans une chambre au premier étage ; le domestique alla se coucher aussi. Ils sortirent de la maison juste comme trois heures sonnaient et se dirigèrent droit vers la demeure de Bartolomeo. Lorsqu'ils y furent arrivés, ils commencèrent par tourner un peu autour de la maison, se consultèrent entre eux, discutèrent ce qu'ils devaient faire ; enfin, comme il était déjà près de quatre heures, Ruberto tira la clef de la gibecière de Bartolomeo qu'il avait eu soin d'emporter à sa ceinture; il mit sur son dos le manteau, sur sa tête le chapeau du mari, ouvrit doucement la porte, dit adieu à Arrighetto qu'il baisa et embrassa; puis, ayant pénétré dans la maison de sa chère Ginevra, il ferma la porte avec soin. Arrighetto ne s'éloigna pas tout de suite; au contraire, il resta à portée pour venir au secours de son ami, s'il arrivait quelque chose; quant à Ruberto, dès qu'il fut dans la maison, comme il l'avait voulu, il longea le mur, si bien qu'il finit par trouver l'escalier; il monta, toujours sans faire le moindre bruit, arriva dans une salle assez vaste, et, en regardant autour de lui, demeura émerveillé.

Dame Ginevra avait, à cause de la chaleur, laissé ouvertes non seulement les fenêtres de la salle, mais encore la porte de la chambre et celle d'une antichambre, et aussi une fenêtre qui donnait sur la cour, afin de laisser entrer la fraîcheur et l'humidité de la nuit, de tempérer l'extrême chaleur et de pouvoir dormir plus tranquillement. Après être demeuré un peu en suspens, avoir tout bien vu et bien examiné, Ruberto se dirigea hardiment vers la chambre, car Lucrezia avait laissé la lumière allumée et l'avait posée sur le seuil en dedans de la porte de l'antichambre; de sorte que la moitié de la chambre était éclairée et que l'autre moitié, celle où se trouvait le lit, était dans l'obscurité; non pas assez cependant pour qu'on n'y vît pas une faible clarté. Ruberto n'eut pas plus tôt mis le pied à l'intérieur, qu'il vit la dame couchée en travers du lit, couverte depuis les genoux jusqu'à la ceinture et laissant voir deux petits pieds bien blancs, et une poitrine fraîche et d'une blancheur éclatante. Il éprouvait, à la dévorer des yeux, un plaisir infini; et, comme il connaissait bien son honnêteté, sa chasteté, comme il la savait noble de cœur aussi bien que d'origine, il ne put s'empêcher d'éprouver au premier abord quelque crainte; le courage faillit même lui manquer en pensant à ce qui pouvait arriver si elle ne voulait pas, si elle criait, si elle faisait du bruit. Cependant, après avoir réfléchi au temps qu'il avait dépensé, à l'ardeur extrême avec laquelle il avait désiré cette heureuse nuit, qu'il avait fini par obtenir, il se décida, rassuré et encouragé par l'amour, à poursuivre et à faire ce qu'il s'était proposé ou à mourir. Tout en pestant un peu fort contre cette lumière qui était par terre, il s'assit sur un coffre dans l'obscurité, et le hasard fit qu'il se mit précisément où Bartolomeo avait coutume de se mettre pour se déchausser.

La dame entendit du bruit et se réveilla; tout engourdie par le sommeil, elle leva les yeux dans cette demi-obscurité; il lui sembla voir son Bartolomeo, et elle lui dit en colère et à moitié endormie : « Est-ce qu'on rentre à pareille » heure? Pourquoi n'avoir pas dormi

» dans cette chambre du rez-de-chaussée
» comme vous le faites souvent? C'est
» un affront que vous avez voulu me
» faire; mais allez, allez, par le nom de
» Dieu! je vous en paierai bien; venez
» au lit, dépêchez-vous, il est au moins
» minuit. » Après avoir dit ces paroles en sommeillant, elle se retourna et se rendormit. Ruberto, qui ne lui avait pas répondu un mot et qui voyait l'affaire marcher si bien, en fut très content; aussitôt en chemise, il éteignit vite la lumière, trouva le lit en tâtonnant et se coucha à côté de sa chère Ginevra. Il se mit à la toucher d'une main tremblante, et, voyant qu'elle ne bougeait pas, il poussa plus loin l'entreprise et promena ses mains sur tout le beau corps de la dame; il fit passer ses jambes entre deux cuisses potelées, appliqua son visage sur des seins délicats, baisa, serra dans ses bras sa Ginevra; et, comme il était couché sur le côté, en la poussant légèrement, il la fit tomber sur le dos. Elle

se réveilla, c'est-à-dire que sans dormir tout à fait, elle n'était pas non plus bien éveillée; déjà Ruberto était sur elle; elle lui dit avec un peu d'irritation : « Oh! » vous êtes fastidieux, par ma foi ! il fait » justement cette nuit plus chaud qu'il » n'a fait encore de toute l'année, et » voilà qu'il vous prend fantaisie de » m'avoir; vous pouviez bien attendre » jusqu'à demain matin à la fraîcheur; » que croyez-vous faire après cela? vous » aviez bien le temps. » Ruberto était aussi heureux que possible d'entendre sa voix; il avait déjà mis son cheval dans le bon chemin, déjà il avait commencé à l'éperonner vigoureusement. Il semblait à la bonne dame que la bête de son mari était plus forte, plus vigoureuse que de coutume; bien qu'elle se fût calmée et qu'elle feignît de dormir, cela ne l'empêchait pas de l'aider tant qu'elle pouvait, sans faire semblant de rien. Ruberto ayant déjà, à la grande satisfaction de dame Ginevra, mais avec un plaisir plus vif pour lui, couru un mille, la dame crut qu'il allait comme d'ordinaire quitter la selle et ne pas continuer son voyage de la nuit. Mais lorsqu'elle le sentit encore ferme sur les étriers, elle attendit, émerveillée, ce qui allait arriver. Ruberto, s'étant reposé et ayant repris un peu haleine, se remit en route de telle façon, que le destrier paraissait être entre ses jambes plus frais, plus vigoureux, plus ardent que jamais; Ginevra étonnée reconnut bientôt, à la rapidité de la course de la bête, à sa taille, à sa force, que ce devait être là un autre coursier que celui de son mari. Elle s'en assura en touchant de tous côtés le jeune homme, en le trouvant sans barbe ou, pour mieux dire, avec le duvet de la jeunesse, en le sentant plus frais, plus délicat cent fois que son Bartolomeo; elle voulut alors, en criant et en se débattant, l'arrêter dans sa course, mais elle ne put y parvenir, arrêtée qu'elle fut et empêchée par de suprêmes délices;

car, pendant qu'elle hésitait, Ruberto était déjà presque arrivé au terme; et quand elle s'aperçut qu'on la trompait, il commençait précisément à répandre cette liqueur qui, par la loi de nature, descendant de l'épine dorsale et jaillissant avec un plaisir infini des parties les moins nobles du corps, fait, à force de jouissance, tordre la bouche de qui la reçoit, lui fait rouler les yeux et, avec de doux soupirs, l'envoie en quelque sorte dans l'autre monde.

Ruberto avait fini à une heure de courir avec la dame le second mille; alors elle jeta un cri terrible et en même temps fit un violent effort pour se jeter à bas du lit; mais elle ne réussit pas, parce que le jeune homme, qui était sur ses gardes, la tenait étroitement serrée. Lui mettant tout de suite une main sur la bouche pour l'empêcher de crier, il la rassura et la consola de son mieux, pendant qu'elle ne cessait de se trémousser et de se débattre, de se plaindre et de se lamenter. Il ne cessait de lui dire : « Soyez tranquille, ne craignez rien, » mon âme; je suis le meilleur ami et » le plus fidèle serviteur que vous » ayez. » Il lui fit connaître son nom, et après cela mille autres paroles douces et affectueuses que lui dictait l'amour; enfin il sut si bien dire et faire, qu'elle se rassura et se consola un peu, et qu'elle voulut connaître toute l'histoire. Il la lui conta depuis le commencement jusqu'à la fin; il lui dit comment on avait berné Bartolomeo et où il se trouvait à ce moment-là; puis il lui fit part de sa douleur, de ses tourments, de son martyre, de sa passion, de ses souffrances, des risques et des dangers qu'il avait courus pour l'amour d'elle; il lui demanda grâce et pardon en pleurant et en soupirant, et elle lui répondit, mais en mots si entrecoupés par les larmes qu'on ne pouvait les comprendre. Alors Ruberto la pressa sur son cœur, cherchant toujours à la consoler; la dame cessant un moment de pleurer, il lui parla en ces termes : « Ginevra, c'est chose faite, et » ni le monde entier, ni le ciel lui- » même, ne pourraient faire que ce ne » fût pas fait ; je ne crois pas vous avoir » causé pour cela honte ou déplaisir, » car j'ai cherché ce qu'il est permis à » tout le monde de chercher ; j'ai voulu » éviter la mort, la mort que cherchent » à fuir non seulement les hommes, » mais encore les animaux dépourvus » de raison ; car je ne pensais plus vivre » sans vos bonnes grâces. Mais, si vous » trouvez que je vous aie outragée, ou » que j'aie agi contrairement au droit et » au devoir, imposez-moi telle péni- » tence que vous voudrez, tirez de moi » la vengeance la plus cruelle et la plus » terrible que vous pourrez imaginer. » Puis il ajouta en pleurant à chaudes larmes : « Il faut que vous me pardon- » niez et que vous m'accordiez votre » amour avant que je sorte de cette » vie ; ou alors, soyez assez aimable

» pour me donner la mort; et cela, » cruelle, si vous me le refusez, je me » tuerai de ma propre main. » Là-dessus, il se tut. La dame, qui avait entendu et fort bien compris toutes les paroles du jeune homme, lui répondit en ces termes : — « Malhonnête, ingrat que tu » es! Si ce que tu m'as dit est vrai, si tu » m'aimes tant, si tu me veux tant de » bien, comment as-tu eu le courage de » me priver de ce que tu ne pourras » jamais me rendre, quand tu le vou» drais, de me l'enlever pour toujours? » Tu devais, si tu m'as dit la vérité, te » préoccuper de mon honneur et de » mes intérêts; tu as fait tout le con» traire : aussi je puis dire que tu es » cruel, impitoyable et sans pitié; mais » je dirai que tu es humain et com» patissant, si tu me fais la grâce de » m'ôter la vie encore, après m'avoir » enlevé l'honneur et tout ce à quoi je » tenais en ce monde. » Pleurant à chaudes larmes et ne pouvant plus parler, tant elle poussait de fréquents et profonds soupirs, elle laissa tomber sa tête sur sa poitrine qu'elle mouillait de ses pleurs.

Alors Ruberto la serra contre lui; il l'embrassa tendrement, la baisa et lui dit : — « Comment, vous, reine et maî-
» tresse de ma vie, vous me croyez assez
» dur, assez impitoyable, pour croire
» que ma main se chargerait d'une tâche
» si barbare, si inhumaine? et sur qui?
» sur celle que j'aime, que j'honore,
» que je respecte et que j'adore par-
» dessus tout? sur la seule personne au
» monde à qui je désire plaire? sur celle
» dont dépendent mon repos, ma tran-
» quillité, la joie et la paix de mon
» cœur? sur celle dont la blanche poi-
» trine fait vivre mon âme et mon corps,
» et sans laquelle je préférerais mille fois
» la mort à la vie? Cessez donc, je vous
» en prie, cessez de croire à de pareilles
» choses; que Jupiter irrité lance sur
» moi ses foudres avant que j'aie, non

» pas la volonté, mais même le désir
» fugitif, non pas de me livrer sur vous
» à une si affreuse et si abominable
» extrémité, mais de vous enlever seu-
» lement un cheveu. »

La dame était demeurée attentive à ce long et tendre discours; il lui dit encore mille autres paroles affectueuses, que je passerai sous silence pour ne pas vous ennuyer, et qui lui avaient été droit au cœur; car Ginevra, en pensant au jeune homme, se souvint qu'elle l'avait souvent vu et apprécié et qu'elle le connaissait fort bien. Sa grande beauté, sa jeunesse florissante, ses tendres paroles, ses démonstrations d'amour, la hardiesse de son entreprise, la vivacité de son esprit, mais par-dessus tout la force et la vigueur de son valeureux coursier, finirent par faire pénétrer dans le cœur glacé et inexorable de la dame quelque étincelle du feu d'amour. Elle se sentait brûler d'un feu ardent, elle éprouvait des jouissances qu'elle n'avait jamais goûtées, des plaisirs dont elle n'avait pas l'habitude, il lui semblait ressentir le bonheur qu'on espère en paradis; aussi lui arriva-t-il souvent, pendant que Ruberto parlait et à certains moments, de le serrer contre elle avec amour; d'autres fois elle le baisait tendrement et le suçotait; et, quand elle poussait de longs soupirs, on voyait qu'ils venaient du plus profond de son cœur.

Cela fit reprendre courage à Ruberto, l'encouragea et lui inspira de l'audace; il changea de tactique, et, après avoir baisé et embrassé Ginevra, il lui parla en ces termes : « Madame, tous les événements » heureux ou malheureux qui nous ar- » rivent, à nous autres mortels, procè- » dent de la volonté divine. Pas une » feuille ne bouge sans la volonté de » Dieu, et celui qui cherche à s'y » opposer ou qui se plaint de ce qu'elle » lui a amené, s'oppose à la puissance » sans bornes du Créateur et se plaint » sans raison; car il faut, dans tous les

» cas, louer Dieu, le remercier de ce
» qu'il nous envoie, et prendre tout du
» bon côté, quand même les choses ne
» marcheraient pas selon nos désirs. Je
» pense donc qu'il faut que nous vivions
» pour plusieurs raisons : d'abord pour
» ne pas nous révolter contre la bonté
» suprême, ensuite, parce qu'en mou-
» rant, nous attirerions sur nous la
» colère de Dieu, à notre grand préju-
» dice et à la honte éternelle de notre
» famille et de nos parents. En vivant,
» il nous sera facile de reconquérir la
» grâce divine, qui est large de sa
» nature et toujours plus disposée à
» pardonner que nous ne sommes prêts
» à pécher ; nous sauverons aisément
» l'honneur qui, une fois perdu, ne se
» recouvre jamais ; en vivant, nous
» nous procurerons le moyen de passer
» nos jours dans la joie et dans la féli-
» cité, si vous daignez m'accepter, non
» pour votre seigneur et maître, mais
» pour votre unique amant et fidèle

» serviteur. Et puisque j'ai si longtemps
» supporté pour vous tant de douleurs,
» tant de tourments, un martyre si
» cruel; puisque j'ai poussé tant de
» gémissements et versé tant de larmes
» qu'il y avait de quoi attendrir non
» seulement les hommes les plus durs
» et les plus cruels, mais même les
» tigres en fureur et les ours enragés,
» oh! doux soutien de ma triste vie,
» cessez de douter et de vous montrer
» dure pour moi; prêtez l'oreille à
» l'amour et à la pitié; récompensez
» ma longue affection, accordez aide et
» merci à mon inviolable fidélité; et,
» puisque le ciel, dans sa bonté, nous
» en donne à présent le moyen, recevez
» de moi plaisir et consolation, comme
» je les reçois de vous; serrez-moi dans
» vos bras, embrassez-moi, baisez-moi,
» comme je le fais pour vous! »

En disant ces derniers mots, il la serra dans ses bras, l'embrassa et la baisa; et en la baisant, comme elle avait le visage

humide et trempé, il but une grande partie de ses douces larmes. Elle aussi le pressait sur son cœur et le baisait. Ils restèrent longtemps sans dire un mot ; enfin la dame, après avoir longuement soupiré, rompit le silence ; car déjà l'amour l'avait soumise à son joug aimable, et elle s'exprima en ces termes :
— « Je sais bien, méchant, que tu as » tant parlé, tant prié, versé tant de » larmes, tant sangloté, tant gémi, fait » tant de promesses et de serments, non » pas pour mon bien et pour l'amour » que tu me portes, mais pour obtenir » de moi ce que tu désires ; d'ici à peu » de temps, ton caprice sera passé ; tes » appétits désordonnés de luxure, qui ne » peuvent servir de base à une amitié » sincère, seront oubliés ; non content » de me mépriser et de m'abandonner, » tu te vanteras d'avoir fait de moi ce » que tu as voulu ; je serai montrée » au doigt dans la ville entière : voilà » ce qui attend les pauvres et malheu-

» reuses femmes, voilà leur récompense. » Arrive que pourra, je ne puis, jeune » et imprudente, résister à la fatalité, à » mon destin, à tes ruses, à ta beauté, à » ta bonne grâce, ni à la puissance in» comparable de l'amour; ainsi, sans » autre lutte, je me donne à toi tout » entière, j'accepte l'amour pour mon » Dieu et toi pour mon maître. » Ruberto allait, pour répondre, faire un long discours; mais il s'aperçut en la baisant sur la bouche, quand elle cessa de parler, qu'elle avait un désir extrême de courir un autre mille, car elle caressait et excitait son coursier; désireux de lui plaire, il se mit gaiement en position et en mesure de la servir et de la contenter.

Arrighetto, cependant, était resté un peu l'oreille dressée, pour savoir s'il n'entendait rien; il n'avait entendu ni vacarme, ni rumeur, et, quand six heures sonnèrent, il se mit en route et se dirigea vers la maison.

Écoutez-moi maintenant, de grâce, et

apprenez ce qu'avait fait, pendant l'absence d'Arrighetto, la fortune jalouse et folle. Il arriva que Marco Cimurri, oncle d'Arrighetto, maître de la maison où on avait fait toute la besogne et où Bartolomeo attendait, voulut retourner à Florence pour voir les cérémonies qu'on faisait d'ordinaire, au jour de la grande fête de Saint Jean-Baptiste, qui allait venir.

Sans en avoir prévenu ses domestiques, ayant fait ce jour-là, vers les vingt-deux heures, seller le cheval et deux autres montures qu'il avait, il partit, lui sur une de ses montures, sa femme sur l'autre avec la servante en croupe, et un de ses paysans sur le cheval. Ils arrivèrent, en cheminant doucement, à la Porte de la Croce, au moment où on allait la fermer; ils rentrèrent par cette porte, suivirent la rue principale, et en face de Santo Ambrosio, ils virent sur le seuil de sa maison le mari de la sœur de Marco. Après s'être salués, comme d'usage, celui-ci allait leur dire que sa femme était justement en mal d'enfant et qu'elle ne cessait de crier, quand on entendit une voix qui disait : « Soyez » heureux, Tommaso, vous avez un » enfant mâle. » Cette bonne nouvelle arrivant à l'improviste et la joie qu'elle causa obligèrent Marco et sa femme à mettre pied à terre; ils allèrent dans la maison de leurs parents faire à l'accouchée les félicitations habituelles; puis ils s'occupèrent de l'enfant, de trouver ses langes et son maillot; on dit ceci, on fit cela; enfin on traîna tant que la nuit arriva; alors Tommaso retint ses parents à souper, malgré leur résistance. Quand on eut soupé et, ensuite, causé quelque peu, Marco prit congé de son beau-frère et de sa sœur; ils remontèrent à cheval. Tommaso leur donna un de ses ouvriers avec une torche pour les accompagner, parce que leur fermier les avait quittés à la porte de la ville et s'en était retourné à Settignano vaquer à ses affaires. La servante resta ce soir-là avec la dame en couches, pour l'aider, si on avait besoin d'elle; Marco s'en alla avec sa femme et ils arrivèrent, juste comme trois heures sonnaient, aux Rondine; ils continuèrent leur route et cheminèrent tant qu'ils arrivèrent à leur maison; après avoir frappé une fois ou deux, celui qui portait la torche aida Marco à descendre de cheval.

Les gens de la maison ayant entendu du bruit, le domestique se mit vite à la fenêtre d'en haut, qu'il ouvrit doucement; il reconnut monsieur et madame, et demeura comme mort; sans leur répondre un mot, il courut faire lever Lucrezia et lui fit mettre sa jupe en toute hâte; il pensait à la mettre dehors avec Bartolomeo, mais il était si pressé et avait si peur (car on ne cessait de frapper à la porte), que, sans se rappeler Bartolomeo, il fit sortir la dame par la porte du jardin. Aussitôt après, il courut ouvrir et reçut ses maîtres comme il convenait, s'excusant de les avoir fait tant attendre parce qu'il dormait. Marco entra dans la maison avec sa femme, qui déjà avait mis pied à terre ; il alluma une lanterne à la torche de celui qui l'accompagnait, à qui il donna congé et qui s'en retourna d'où il venait ; puis, après avoir mis les chevaux à l'écurie et veillé aux soins à leur donner, Marco vint dans la chambre du rez-de-chaussée où l'attendait sa femme un peu lasse ; tous deux se déshabillèrent aussitôt et se mirent au lit.

Bartolomeo avait entendu le bruit des chevaux et la conversation des gens : il crut que c'étaient les parents de Ruberto qui étaient arrivés et qui allaient l'emmener dans sa maison ; il attendait, tout joyeux, que sa bien-aimée vînt le tirer du réduit où il était et le dédommager de ses peines. Tout plein de cette pensée, il se tenait assis et à demi endormi sur le bord du siège, et il lui semblait à chaque instant qu'il embrassait sa chère Lucrezia. Marco et sa femme, fatigués, s'étaient endormis et avaient fait un bon somme, lorsque la dame s'éveilla avec un besoin pressant et se leva; comme elle connaissait très bien le chemin, malgré l'obscurité, elle trouva le retrait. Déjà la lune s'était levée et ses rayons, frappant juste en face sur un mur très blanc, envoyaient par une petite fenêtre, jusque dans l'intérieur du cabinet, une certaine clarté douteuse; on y voyait, mais on ne distinguait pas les choses. La dame, en ouvrant la porte, vit Bartolomeo en chemise qui dormait assis dans un coin; elle crut que c'était certainement son mari qui, s'étant levé pour ses nécessités, était resté là pour fuir la chaleur et s'y était endormi; comme elle avait elle-même une très forte envie, elle fit d'abord ses affaires; mais le bruit éveilla Bartolomeo qui dormait légèrement; étendant les bras et trouvant la dame, il crut que c'était sa bien-aimée : sans rien dire, il se mit à la toucher et à la baiser, car, selon son habitude, elle était venue toute nue; comme elle était friande de ces caresses-là, elle ne bougea point; son affaire faite, elle se leva et s'essuya. Bartolomeo, qui était à point, voulait en venir aux prises dans le retrait même; mais la dame, qui désirait avoir un peu plus ses aises, prit en main l'objet dont il voulait se servir et se dirigea vers la chambre; Bartolomeo lui dit alors : « Que veux-tu faire, Lucrezia? » La dame, tout endormie, s'entendant appeler par son nom, ne fit pas attention à la voix; et, sans rien craindre, désireuse peut-être de devenir grosse, pour faire après cela comme sa parente un enfant mâle, elle lui répondit avec les mains, serrant légèrement ce qu'elle tenait et se dirigeant à la hâte vers son lit. Bartolomeo, qui ne se doutait de rien, se dit à lui-même : « En voici une » qui veut des actes et non des paroles! » et, tout joyeux, il se laissa guider. Ils arrivèrent au lit sans rien dire, ils s'y jetèrent; et la dame, croyant avoir affaire à son mari, se mit sur Bartolomeo; ils commencèrent la danse d'amour, se démenant l'un et l'autre le plus qu'ils pouvaient. Au bruit qu'ils firent, Marco se réveilla; il les entendit haleter, se remuer, pousser des exclamations, soupirer, et il se dit à part lui : « Que diable entends-je » là? est-ce que je rêverais? » Il se mit à écouter, et, comme on en était justement au moment suprême, il entendit redoubler les baisers et les secousses; alors, il se mit sur son séant, étendit la main et trouva Bartolomeo qui labourait sa terre. Il se mit à crier comme un fou : « Lucrezia, que fais-tu? qu'est-ce que » cela? O Dieu! n'as-tu pas honte? » M'outrager, me déshonorer ainsi en » ma présence? est-ce ainsi qu'on se » conduit avec moi? »

Les deux travailleurs avaient achevé leur première œuvre quand, au son de cette voix, l'un demeura stupéfait et l'autre pétrifié d'étonnement; tous deux furent sur le point de tomber morts.

Mais la dame, dans un accès de rage, donna une bonne poussée à Bartolomeo et se leva en criant : « Hélas! mon cher » Marco, où êtes-vous ? J'ai été trompée ; » qui est le traître qui vous a ainsi dés- » honoré ? » Marco était déjà à bas du lit ; il courut à la porte pour que le coupable ne s'enfuît pas, criant de toutes ses forces et remplissant la maison du bruit de sa voix, de sorte que le domestique se leva en toute hâte ; il entendit confusément qu'on l'appelait ; tout à coup il se souvint de Bartolomeo et se tint pour mort. Cependant, rendu hardi à force d'avoir peur, il résolut de dire qu'il ne le connaissait pas du tout et qu'il ne savait ce que cela voulait dire. Cette détermination prise, il vint avec de la lumière à l'endroit où criait son maître, qui, enflant encore la voix à son arrivée, dit à Bartolomeo en le menaçant : « Qui es-tu ? qui t'a con- » duit ici ? dis-le moi, et pourquoi faire ? » Et bien que la lumière dissipât les téné-

bres dans toute la chambre, Marco ne reconnut pas Bartolomeo, parce qu'il le connaissait peu et qu'il ne lui avait jamais parlé. Bartolomeo lui répondit en tremblant : — « Demandez à votre do-
» mestique, qui sait tout et qui vous
» mettra au courant. » Le domestique dit qu'il ne savait pas ce que cela voulait dire, qu'il ne connaissait pas le personnage et ne l'avait jamais vu. — « Com-
» ment ! » continua Bartolomeo, « tu
» démens mes paroles ? tu ne te souviens
» plus de la Balia ? N'as-tu pas reçu de
» ma part deux ducats outre les dix que
» j'ai donnés pour me trouver avec ma
» Lucrezia ? Hélas ! où me suis-je four-
» ré ? » Le serviteur, se tournant vers son maître, lui dit : — « Cet homme est
» fou, je ne sais ce qu'il veut dire avec
» ses ducats. » Et Bartolomeo poursuivit : — « Ah ! misérable ! fripon ! tu sais
» très bien comment la chose s'est pas-
» sée, et que madame Lucrezia a reçu
» l'argent, et le plaisir qu'elle m'a fait

» en venant ici entre neuf heures et » les vêpres, et ce qui est venu nous » déranger. » Le domestique, simulant l'étonnement, ne cessait de répéter que cet homme était ivre ou fou; mais Marco, lui entendant prononcer le nom de sa femme, soutenir qu'il lui avait parlé et qu'elle lui avait montré pendant le jour tant de bienveillance, fut certain qu'il mentait et se mit dans une telle rage que, prenant le bâton du lit, bien qu'il ne fût pas gros, il lui en donna peut-être cinquante coups, en disant toujours : « Coquin! voleur! traître! » Bartolomeo racontait la chose telle qu'elle était et cherchait à s'excuser; mais Marco ne l'écoutait pas et ne cessait de répéter : « Ah! voleur! gredin! » je ne veux pas me venger de mes pro- » pres mains, pour ne pas me mettre » dans mon tort en te châtiant; mais » je te livrerai à la justice. » Cela dit, il courut chercher une couple de cordes à un endroit où il savait qu'elles étaient;

il lia, avec l'aide de son serviteur, les mains et les pieds du malheureux, et, le laissant par terre, il s'habilla tout de suite et se disposa à aller sur-le-champ chercher la police; il le remit bien lié à la garde de son domestique et de sa femme, qui était si honteuse, qu'elle n'avait pas tiré sa figure de dessous les draps, puis s'en alla en courant vers la place des Signori.

Arrighetto arriva à la maison juste au moment où Marco commençait à faire tapage. Stupéfait et hors de lui, il s'arrêta à la porte en tendant l'oreille et entendit Bartolomeo crier; après cela, ayant entendu marcher fort dans l'allée qui menait à la porte, il s'écarta un peu, se posta au débouché d'une rue et vit sortir Marco de sa maison, si furieux, qu'il ne le reconnut pas; il attendit, fort inquiet, pour voir si quelqu'un d'autre sortirait.

La femme de Marco, qui était une femme de tête, sauta à bas de son lit dès que son mari fut dehors; elle appela le domestique et se fit raconter l'affaire telle qu'elle était. Quand elle fut bien renseignée, songeant à sauver son honneur et à délivrer Bartolomeo, elle se tourna vers le domestique et lui dit que s'il n'obéissait pas à ses ordres, elle ferait de lui l'homme le plus malheureux et le plus à plaindre du monde entier; qu'au contraire, s'il l'aidait, elle lui en demeurerait à jamais obligée, et que lui-même, qui avait commis une grosse faute, elle et Bartolomeo ne courraient aucun danger et n'éprouveraient aucun préjudice. Le domestique répondit qu'il était prêt à faire tout ce qui serait possible pour venir en aide à sa maîtresse. Alors la dame, sans réfléchir davantage, lui dit : « Délie-moi vite cet homme. » Il le fit; elle le prit par la main, le mena à la porte en lui disant qu'elle le sauvait de la prison, du déshonneur, et qu'elle lui évitait des frais considérables; elle lui dit de s'en aller, et de se bien garder de jamais parler de ce qui s'était passé cette nuit-là; que si jamais elle en entendait dire un mot, elle le ferait massacrer. Bartolomeo lui répondit : — « Soyez » tranquille, car je désire plus que vous » que cela ne se sache jamais. » Il la remercia et partit. La dame, après avoir fermé la porte, rentra dans sa chambre, elle refit le lit, et y entra par le devant comme d'habitude; elle fit coucher le domestique du côté de la ruelle pour qu'il y laissât son empreinte; puis elle lui fit remettre les cordes à leur place habituelle, replacer aussi le bâton du lit, et lui enseigna ce qu'il devait faire. Il alluma ensuite une petite lampe de cuivre, la posa en dehors de la chambre, tout près de la porte qu'il laissa ouverte, et alla où sa maîtresse le lui avait commandé pour mettre la dernière main à l'œuvre commencée.

Arrighetto avait aussi vu sortir Bartolomeo; mais, comme ce dernier avait sur le dos un vieux manteau de drap grossier à longs poils que la dame lui avait donné, afin que si, par malheur, son mari le rencontrait, il ne le reconnût pas, Arrighetto ne le reconnut pas non plus. Étonné et stupéfait de tout ce qui se passait, il ne savait que faire ; il résolut cependant de ne pas se montrer et d'attendre la fin. Pendant ce temps-là, Marco était arrivé à la police ; il rencontra justement le capitaine qui rentrait avec une partie de la garde, il alla au-devant de lui et lui dit brièvement qu'il avait trouver dans sa maison un malfaiteur; qu'il l'avait pris et lié et qu'il le priait de vouloir venir lui-même ou envoyer quelqu'un pour mener cet homme en prison, afin qu'il fût puni comme il le méritait. Le capitaine se mit lui-même en mouvement avec ses hommes, empressé et heureux qu'il était de faire un prisonnier, surtout sans courir de risques ; avec huit ou dix de ses plus fidèles acolytes, ils partirent avec Marco et finirent par arriver à sa maison. On frappa une fois et jusqu'à quatre et six fois sans que personne répondît; Marco était émerveillé; mais Arrighetto, qui voyait tout, l'était encore plus que lui; enfin, quand on eut frappé à bien des reprises et secoué la porte, le domestique, qui savait ce qu'il avait à faire, se mit à la fenêtre d'en haut en chemise et cria : « Qui est là ? » Marco répondit : — « Ouvre, » te dis je, et dépêche-toi, par le diable ! » — Tout doucement ! » continua le domestique, « je veux d'abord savoir » qui vous êtes et puis consulter mon » maître, parce que vous venez à une » heure extraordinaire. — Eh ! ouvre, » ouvre, tu nous ennuies, que le diable » t'emporte ! » répliqua Marco. — Bien ! » bien ! » repartit le serviteur, « dites-» moi qui vous êtes; j'en rendrai compte » à mon maître et ferai ensuite ce qu'il » voudra. » Le cas parut singulier au capitaine, qui dit :—« Vous vous serez trompé de porte.—Diable ! » dit Marco, « est-» ce que je ne connais pas ma maison ? »

Il appela de toutes ses forces son domestique par son nom, l'accabla de menaces et lui dit qui il était. Celui-ci répondit aussitôt : — « Pardonnez-moi, je ne » vous avais pas reconnu ; me voici » tout à vos ordres. » Il descendit en courant et ouvrit la porte. Marco lui cria : — « Brigand ! scélérat ! c'est » comme cela que tu m'as obéi ? » La lune éclairait la cour comme en plein jour et montrait le chemin. Tous s'élancèrent donc en courant, Marco le premier ; il prit la lampe à la main et entra comme un furieux dans la chambre, où il croyait trouver Bartolomeo lié, en lui disant : « Où es-tu, voleur ! traître ? » Mais quand il ne le trouva plus où il l'avait laissé, quand il vit sa femme paisiblement au lit, il fut pris d'un tel étonnement qu'il ne savait plus s'il était mort ou vivant ; cependant il dit à haute voix : « Qu'avez-vous fait de ce misérable ? » La dame, toute craintive, leva la tête comme si elle s'éveillait d'un profond sommeil, et se mit à crier en tournant les yeux autour d'elle : « Miséricorde ! hélas ! » Seigneur, venez à mon secours ! O » mon mari, ô mon mari, qu'est-ce que » ce monde ? » Marco lui dit : — « Tais- » toi, tais-toi, et dis-moi tout de suite » où est cet homme. » Mais elle ne cessait pas de pleurer, de se recommander à Dieu et aux Saints et de dire : « O mon mari, que veut dire ceci ? — » Ce n'est rien, te dis-je, » reprend-il, « dis-moi seulement, je te prie, où est ce » voleur que nous avons pris et lié tout à » l'heure. — De quel voleur parlez- » vous ? Hélas ! ces épées..., je suis à » demi morte ! » continua le dame. Le bargello, en voyant ce spectacle, crut que c'était une comédie, et, dans un sens, il en riait ; mais, d'un autre côté, il croyait qu'on s'était moqué de lui, ce qui le remplissait d'indignation et de colère ; il se tourna vers Marco et lui dit : — « Tu me fais l'effet d'avoir » perdu la tête ; où est le prisonnier

» dont tu m'as parlé? » Marco, ne sachant que répondre, demandait à sa femme ce qu'elle en avait fait; il chercha minutieusement dans la chambre, dans l'antichambre, dans le bureau et dans le retrait; furieux, il criait après sa femme et son domestique, mais tous répondaient qu'ils ne savaient pas de quoi il parlait, qu'il leur faisait l'effet d'être fou. — « Comment! » dit-il en se retournant vers eux, « vous ne vous rappelez pas » cet homme que nous avons lié tout à » l'heure, que je vous ai laissé en garde » quand j'ai été chercher la police pour » qu'elle s'en emparât et pour qu'il fût » puni de ces crimes? Je l'ai laissé ici par » terre, arrangé de façon qu'il ne pouvait se remuer; ainsi il n'a pas pu » fuir, si on ne l'a aidé. » La femme, fronçant les sourcils d'étonnement, levant les yeux au ciel, haussant les épaules, étendant les bras, manifestait la plus grande surprise du monde; elle disait ne rien savoir de ce voleur qu'on avait pris et lié ; son mari était sans doute devenu fou ; elle se souvenait bien, ajoutait-elle, qu'ils étaient rentrés la veille de la campagne bien fatigués, qu'ils s'étaient couchés, et que son mari s'était mis du côté de la ruelle ; elle s'était endormie et venait seulement de se réveiller ; le serviteur en disait autant.

Cela excita chez Marco tant de courroux, de dépit, de rage et de colère, qu'il dit à sa femme : — « Ah ! maudite » vache ! tu dois cependant bien te souvenir de l'affront que vous m'avez fait » ensemble ; mais puisque tu nies maintenant, que puis-je croire, sinon que » c'était de ton consentement ? Tu sais » que tu n'y allais pas de main morte, » tu vois bien que c'est vrai, puisque tu » l'as fait partir pour me déshonorer tout » à fait. » Tout en criant, il parlait si vite qu'on ne pouvait comprendre clairement ce qu'il disait, et, quoiqu'elle comprît fort bien, elle fit comme si ces paroles ne s'adressaient pas à elle. Tout cela fut si désagréable au bargello, qui croyait qu'on l'avait trompé, qu'on s'était moqué de lui, qu'il se tourna du côté de Marco en blasphémant et lui dit : « Malheureux ! vaurien ! n'as-tu pas » honte de traiter de cette façon des » hommes de bien comme moi ? » Marco s'excusait, il accusait sa femme et le serviteur ; ceux-ci répondaient qu'il était ivre, qu'il avait perdu l'esprit, que ce qu'il disait prouvait qu'il était fou à lier. Marco eut alors un si violent accès de rage, qu'il voulut battre son domestique, mais le bargello, s'interposant, l'en empêcha. Ce dernier, qui ajoutait foi aux paroles de la dame et du serviteur, perdit patience : il mit l'épée à la main et en donna à Marco, qui bavardait encore, peut-être vingt coups avec le plat sur la tête et sur le cou, en lui disant : « Gueux ! » scélérat ! apprends à te moquer de tes » pareils ; » et plein de colère, il se tourna vers ses sbires et leur dit : « Empoignez-moi cette canaille. » Aussitôt ils lui mirent la main dessus ; cela paraissait à Marco une singulière plaisanterie : il demandait pardon, implorait pitié, de telle sorte qu'on l'eût dit châtré. Le capitaine tira de nouveau à demi son épée du fourreau et le menaça d'autant de coups ; Marco, calmé, sortit de chez lui au milieu de la foule et fut conduit là où il comptait envoyer autrui. La dame resta seule à la maison avec son domestique, heureuse que l'affaire eût commencé mieux qu'on ne souhaitait.

Arrighetto avait entendu une partie de ce qui s'était passé et en avait vu une autre. Pour voir la fin, il tournait au hasard et dans tous les sens autour de la maison, si bien qu'il fut vu et reconnu de la femme qui, aussitôt que le domestique l'eut mise dehors par la porte du jardin, s'était réfugiée dans une cave ; elle se montra à lui et lui dit tout ce qu'elle savait. Arrighetto en fut mécontent et chagrin au possible ; ayant vu à la fin sortir les sbires, il ne pouvait s'imaginer ce dont il s'agissait et il se demandait, presque désespéré, à quoi tout cela devait aboutir. Le bargello fit mettre Marco en prison quand il était déjà près de huit heures, et s'en alla dormir.

Pendant ce temps, non seulement Ruberto avait achevé de courir avec sa gracieuse dame Ginevra le mille commencé, mais il en avait couru un autre et un autre; ils étaient convenus des moyens à employer pour se rejoindre d'autres fois et se retrouver à si douce et si charmante besogne. Quand Bartolomeo, délié et mis dehors par la femme de Marco, fut arrivé à sa maison, il eut honte et ne sut que faire; il n'avait pas de clef, il lui fallait frapper, et il se disait en lui-même : « Que diable dira ma femme, en me voyant ainsi accoutré ? Aurai-je au moins quelque excuse, ou saurai-je en imaginer une ? » Il s'assit fort incertain sur le petit mur, et se mit à réfléchir sur son entreprise. Après y être resté longtemps et s'être rendu compte du danger qu'il avait couru, il se réjouit de ce que la fortune n'avait pas épuisé ses rigueurs contre lui ; il lui restait une agréable impression de sa bonne fortune, mais il se désolait des désagréments qu'il avait subis, surtout des coups de bâton qu'il avait reçus. Pendant qu'il se tenait ainsi sur le mur, la température se rafraîchit, le jour était sur le point de paraître, et, comme il avait peu de chose ou rien sur le dos, il commença à avoir un peu froid; se décidant alors à frapper, coûte que coûte, il saisit le marteau et frappa vingt fois peut-être, sans qu'on lui répondît jamais. Dame Ginevra, entendant le bruit qu'il faisait, appela son Ruberto qui venait justement de fermer les yeux; ils s'en allèrent tranquillement dans la salle et, sans se mettre à la fenêtre, mais en regardant par le trou, car cette maison avait un guichet, la dame reconnut formellement Bartolomeo, quoiqu'il fût bien changé ; en le voyant en chemise et avec cette houppe lande sur le dos, elle fut étonnée et, se tournant vers Ruberto, elle lui dit : « Je » suis morte ! » Ruberto, qui ne pouvait s'imaginer ni pourquoi, ni comment Bartolomeo était là à cette heure, répondit à la dame de n'avoir aucune crainte ; le laissant donc frapper tant qu'il voulut, ils se consultèrent entre eux ; enfin, ils se décidèrent à ce que je vais vous dire.

Ginevra, du consentement de Ruberto, appela la servante sur qui elle savait pouvoir compter et qui lui en avait donné mille fois la preuve ; elle lui raconta brièvement toute l'histoire et lui dit ensuite ce qu'elle devait faire. La servante, obéissante et désireuse d'être utile à sa maîtresse, alla tout de suite à la fenêtre et cria à celui qui avait tant frappé : « Qui » est là ? — Je suis Bartolomeo, ton » maître, » répondit celui-ci, « viens en » bas et ouvre-moi. » La servante ne s'attarda pas à faire mine de ne point le reconnaître ; mais, comme sa maîtresse le lui avait recommandé, elle alla vite lui ouvrir ; et, en le voyant sous cet habit, elle eut l'air étonné et lui demanda comment cela se faisait. Bartolomeo ne sut que répondre, mais il demanda ce que faisait sa femme. — « Elle dort, à ce » que je crois, » répondit la servante ; « peut-être aussi est-elle eveillée ; qui le » sait ? Quand elle vous verra ainsi dé- » guisé, elle aura beaucoup de chagrin, » sans parler de la honte qui en résul- » tera pour vous. Au nom de Dieu ! » d'où sortez-vous dans un pareil état ? » où diable avez-vous été ? vous me faites » l'effet, quoique je ne vous l'aie pas dit, » d'un de ces abominables gueux qui » vont mendiant leur pain ; que le diable » soit de vous ! » Bartolomeo, très honteux, ne savait ni que répondre, ni que faire ; elle continuait à le gronder en lui disant : « Je ne voudrais pas pour bien des » choses que Madame vous vît en cet » état. — Ah ! je sais bien que tu dis la » vérité, » répondit le pauvre homme,

« mais que veux-tu que je fasse ? — Je » veux, » continua la servante, « que » vous vous arrangiez de façon qu'elle » ne vous voie pas dans ce singulier » accoutrement. — Conseille-moi, aide-» moi, » continua Bartolomeo, « et in-» dique-moi le moyen, pour l'amour de » Dieu ! » La servante répondit : — « Il » faut vous en aller dans votre chambre » d'en bas et vous y cacher jusqu'à ce » qu'elle aille à la messe ; aussitôt après, » je vous apporterai de nouveaux effets » et vous vous habillerez tranquillement ; » est-ce que par hasard vous n'avez » pas de quoi vous changer ? Quand ce » sera fait, vous vous montrerez lors-» qu'il vous plaira. — Hélas ! » s'écria Bartolomeo, « crois-tu que j'aurais » tant tardé à trouver cela ? mais je n'ai » pas ma gibecière où est la clef et je ne » puis entrer dans ma chambre ; la porte » est si solide qu'il ne faut pas songer à » la briser. — N'ayez crainte, » reprit la servante, « j'ai trouvé le moyen ; vous

» irez dans la soupente, vous dormirez » sur le petit lit où l'on met le pain pour » qu'il lève et vous y resterez jusqu'à ce » que madame Ginevra aille faire ses dé- » votions habituelles; quant à moi, dès » qu'elle aura mis le pied hors de la » maison, je m'occuperai de vous et » nous nous arrangerons, comme je » vous l'ai dit. » Cette idée plut à Bartolomeo; il se laissa conduire à la soupente, et, comme il se mourait de sommeil et qu'il n'y faisait pas trop chaud, il se coucha sur le lit et la servante mit sur lui, outre son vêtement grossier, l'étoffe qui servait à couvrir le pain, en lui disant: « Qu'est-ce que cela fait? la » prochaine fois nous en prendrons une » propre. » Elle le laissa ainsi, après l'avoir bien couvert, et, pour qu'il fût plus tranquille, elle mit le verrou à la porte; elle alla ensuite retrouver sa maîtresse et lui raconta que tout s'était passé tout à fait comme elle l'avait désiré; elle ajouta: « Avant qu'il ne sorte, Ruberto

» sera dehors. » La dame donna congé à la servante et se remit au lit avec son cher amant.

Pendant ce temps-là, la femme de Marco Cimurri, voulant mener son projet à bonne fin, avait envoyé en temps opportun son domestique chez un de ses frères qui se nommait Palmieri degli Armilei, homme brave et fort redouté à cette époque ; qui, de plus, jouissait d'un grand crédit et avait été connétable dans la première guerre de Pise. Elle lui dit de faire savoir à son frère qu'elle avait un extrême besoin de lui parler, pour affaire de grande importance, et qu'il fallait qu'il vînt la trouver sans le moindre retard, car il y allait à la fois de son honneur et de sa fortune ; elle avait agi ainsi pour qu'il vînt plus vite. Le domestique sortit pour faire cette commission et, en se dirigeant vers la place Saint-Félix où il devait aller, il passa à l'endroit où était aux aguets Arrighetto, lequel le reconnut tout de suite et l'appela ; et, pour ne pas vous traîner en longueur, le serviteur lui raconta tout par le menu depuis le commencement jusqu'à la fin. Arrighetto fut effrayé de ce récit, et le cas lui parut dangereux et d'extrême importance; ce qui lui déplut par dessus tout, c'est que Bartolomeo avait, sans le vouloir, sottement fait porter des cornes à son oncle. Il congédia le serviteur, et, s'étant fait donner la clef de la maison, il dit à sa maîtresse de l'attendre; puis il ouvrit la porte et alla trouver dame Lucrezia, qui le gronda bien fort et lui fit les reproches les plus sévères; il s'excusa, lui demanda mille fois pardon, et il apprit d'elle la ruse qu'elle avait imaginée, ce dont il fut extrêmement satisfait. Après l'en avoir félicitée, et lui avoir fait compliment de son adresse et de sa malice, il emporta les chausses, le pourpoint et les autres effets de Bartolomeo, qui étaient enfermés dans le coffre, afin que Marco n'eût l'occasion de rien soupçonner; puis il prit congé, et, de retour près de sa maîtresse, il lui dit, en entendant la cloche du Carmino, qu'il ne pouvait pas lui tenir longtemps compagnie, qu'il fallait qu'elle allât à l'église, et, qu'aussitôt le jour venu, elle retournât tranquillement à la maison de la Baliaccia. La jeune femme eut peur et ne fut pas trop contente; cependant, elle obéit et fit ce que lui ordonnait son amant.

Arrighetto partit et se dirigea vers la maison de Bartolomeo, pour savoir ce qu'il était devenu et ce qu'avait fait son ami Ruberto. Pendant ce temps-là, le domestique avait rejoint Palmieri, le frère de dame Lucrezia, non sans avoir longtemps frappé à sa porte; il avait fait sa commission, en lui répétant presque mot à mot les paroles de sa dame, et Palmieri s'était levé en toute hâte; aussitôt habillé, il alla chez sa sœur, qui le reçut presque en pleurant, toute triste; elle lui raconta et lui fit croire la fable qu'elle avait imaginée. « Depuis un certain

» temps déjà, » lui dit-elle d'abord, « mon » mari Marco a pris l'habitude de se » lever en rêve; souvent il s'habille et » se promène non seulement dans la » chambre, mais encore dans toute la » maison, comme en procession; il » revient de même, et après s'être désha- » billé de nouveau, sans s'éveiller, il se » remet au lit et ne se rappelle plus le » matin ce qu'il a fait la nuit. » Elle ajouta ensuite qu'elle avait fait chercher son frère, parce que, cette nuit-là, son bon mari s'était levé comme d'habitude, mais avait fait un rêve extraordinaire : car il s'était figuré, à ce qu'elle pensait, voir en songe un homme qui, dans son propre lit et en sa présence, déshonorait sa femme; après s'être levé, il avait appelé le domestique; celui-ci étant arrivé avec de la lumière, il avait voulu saisir et lier le coupable, puis le leur laisser en garde ainsi lié; après cela, il s'était habillé et avait été chercher la police. « Mais, » continua-t-elle, une

» fois sorti de la maison et en route,
» toujours rêvant, il a dû, je crois (car
» cela ne peut être autrement), s'éveiller
» en marchant; alors, l'esprit troublé et
» en quelque sorte enivré par le som-
» meil et par l'idée fixe, se voyant ha-
» billé, il a dû prendre pour vrai tout ce
» qu'il avait vu en songe; et poursuivant
» son rêve, il a été trouver le capitaine,
» qu'il a emmené avec à peu près dix
» de ses hommes en lui promettant de
» lui remettre celui qu'il croyait ferme-
» ment avoir laissé dans sa maison
» chargé de liens. Quand ces gens-là
» furent arrivés et entrés, non sans
» nous faire grand'peur, d'abord en
» cognant à la porte et en la renversant
» presque, puis en venant comme des
» furieux dans ma chambre, je m'éveil-
» lai et je fus sur le point de perdre con-
» naissance à la vue de cette troupe de
» gens armés. Marco cherchait ce qu'il
» ne pouvait trouver, il se mit à crier
» comme s'il était fou et à dire en criant

» au domestique et à moi : Où est-il ? » qu'en avez-vous fait ? Nous autres, ne » sachant ce qu'il disait, nous demeurâmes fort étonnés ; mais il ne cessa de » tempêter et de crier ; alors le capitaine, pensant, comme c'était la vérité, » que Marco ne savait ce qu'il disait, lui » témoigna son mécontentement et le » menaça de lui faire porter la peine de » sa faute ; mais Marco, pour s'excuser, » raconta toute la ridicule histoire que » je vous ai dite et qu'il croyait vraie ; il » prononça enfin de ces paroles qui » sont faites pour salir non seulement » son honneur et le mien, mais encore » celui de toute notre famille et de la » sienne. Perdant patience, je lui ai » répondu fort en colère et je lui ai dit » son fait ; comme j'avais pour moi le « témoignage du domestique qui était » présent, je l'ai réduit au silence, et le » capitaine, croyant qu'on s'était moqué » de lui, lui a donné avec son épée je ne » sais combien de coups. — L'a-t-il

» blessé? » dit Palmieri. — « Non, mes-
» ser, » répondit le domestique, « il l'a
» frappé avec le plat. » La dame continua en disant que le capitaine s'était mis en si grande colère qu'il avait fait prendre Marco en échange de cet autre qu'on lui avait promis, et l'avait fait mener en prison. « Vous voyez, » ajouta-t-elle, « que
» tout cela ne peut m'être que fort
» désagréable, surtout le sachant inno-
» cent ; aussi, je vous en prie, faites-le,
» pour notre honneur, avant qu'il fasse
» jour, sortir de prison, afin que le bruit
» de tout cela ne se répande pas dans
» Florence, car, sans parler du tort qui
» en résulterait pour nous, nous serions
» couverts de honte. »

Palmieri sourit légèrement quand sa sœur eut fini de parler ; et ayant bien compris ce dont il s'agissait, il lui dit de ne rien craindre. Il la quitta en jurant et s'en alla, tout courant, trouver le capitaine qu'il fit appeler de sa part ; comme il le connaissait et qu'ils étaient très liés, le capitaine vint aussitôt; et il lui dit pourquoi il s'adressait à lui. L'autre s'excusa vivement en disant qu'il ne savait pas que Marco fût le parent de Palmieri; il raconta de nouveau une partie de ce qui s'était passé, et lui parla de la folie de Marco; mais Palmieri lui coupa vite la parole en lui disant qu'il n'avait fait que son devoir, et que, d'un côté, Marco méritait bien cela et pis encore, puisqu'il était assez sot pour prendre des songes pour des réalités. Sur ces entrefaites arriva Marco sortant d'une vilaine chambre qui donnait au-dessus de la salle; il salua de bonne grâce Palmieri, qui déjà avait remercié le capitaine, et qui l'emmena avec lui; mais, aussitôt qu'ils furent hors du palais, Marco commença ses doléances et se mit à raconter le fait exactement tel qu'il était. Alors, Palmieri, se tournant vers lui avec un visage renfrogné, lui parla comme à un chien; il lui répéta tout ce que sa sœur lui avait dit, en l'accablant d'injures et de menaces, et il le calma si bien que le pauvre homme ne savait plus s'il était encore de ce monde; puis, en réfléchissant, il en vint à penser qu'il était possible que tout se fût ainsi passé, et il demeura incertain et confus, surtout quand Palmieri lui dit en colère : « Scélérat! coquin! âne baptisé! tu » ne mérites pas cette femme-là : comment! tu vas, en présence de tant de » gens, couvrir de honte non seulement » toi et elle, qui est la femme la plus » honnête et la plus honorable du » monde, mais encore toute ta famille » et toute la nôtre? il faut que tu » sois fou à lier! » En entendant de telles paroles, Marco n'osait ni ouvrir la bouche, ni même lever les yeux au ciel, et comme, pensif et stupide, il continuait à se taire, Palmieri ajouta : « Si » je ne voulais ménager l'honneur de » Lucrezia et le mien, je t'apprendrais, » de telle sorte que tu ne l'oublies » jamais, comment on traite les ivrognes

» et les fous tels que toi : mais, au nom » de Dieu! marche droit à l'avenir, » penses-y; marche droit et tu t'en trou- » veras bien. » Il ne cessa ainsi pendant toute la route de le gronder, de lui faire des remontrances, des reproches et des menaces. Mais ce qu'il y eut de plus beau, ce furent les injures que lui dit sa femme quand ils arrivèrent à la maison vers la pointe du jour; elle alla jusqu'à lui mettre ses doigts dans les yeux, et le pauvre diable, toujours muet, était hors de lui et ne savait plus dans quel monde il était. Palmieri, après lui avoir fait une remontrance très sévère, l'amena à ce point qu'il s'accusa d'être la cause de tout, qu'il demanda en pleurant pardon à sa femme et à son beau-frère et leur promit de ne plus jamais en parler. Madame Lucrezia lui pardonna avec bonté; elle le prit par la main, et, avec la permission de son frère, ils allèrent se coucher. Palmieri appela le domestique et lui jura que, si jamais il entendait dire sur cette affaire un mot qui vînt de lui, il lui couperait un bras; puis il engagea sa sœur à fermer une autre fois sa porte en dedans quand son mari se mettrait au lit, afin de ne plus s'exposer à d'aussi étranges aventures; enfin, il dit quelques paroles de consolation à Marco et s'en alla à ses affaires juste au moment où le soleil, élevant au-dessus du Gange sa face éclatante, commence à éclairer et à réchauffer le monde. Marco et sa femme, après avoir signé la paix, dormirent jusqu'à neuf heures pour se refaire de la nuit précédente; après cela ils se levèrent, comme si vraiment Marco eût rêvé; car, soit qu'il eût peur, soit que ce fût par ruse, soit qu'il crût qu'il avait réellement fait un songe, il vécut par la suite toujours en bon accord avec sa femme et dans la paix la plus profonde.

Sur ces entrefaites, Arrighetto était arrivé à la maison de Bartolomeo; il tourna un peu autour de la porte et répéta plusieurs fois un signal convenu avec son ami. Ruberto finit par l'entendre; lui ayant ouvert, avec la permission de la dame, il fut mis au courant de tout; de son côté, il leur raconta ce qu'il savait, et, après avoir longuement causé de ce qui était survenu, on décida, d'après le conseil d'Arrighetto, de faire à Bartolomeo un tour de nature à lui faire croire, à lui faire tenir pour certain qu'il avait rêvé; on imagina une combinaison telle que le pauvre diable ne put jamais s'y retrouver et qu'il lui en arriva plus de mal qu'on n'aurait pu se le figurer. A cet effet, comme l'aube commençait à blanchir et à éclairer le ciel, Arrighetto, sortant de la maison, alla chez un pharmacien à l'enseigne de la Boule, et, comme il était fort instruit et qu'il avait l'esprit subtil, il commanda une poudre dont un Juif lui avait donné la recette, pendant qu'il étudiait à Padoue, et qu'il avait expérimentée; cette poudre avait la propriété de faire dormir tout homme qui en prenait pendant autant d'heures qu'il en avalait de dragmes; et cela de telle façon qu'il ne se serait jamais éveillé, sinon après le temps écoulé, quand même le tonnerre ou la canonnade auraient fait rage, quand même le feu l'aurait brûlé. Il s'en fit donner pour quatre heures par le pharmacien et reprit le chemin du logis.

Au sortir de la boutique, il vit le domestique de Marco, son oncle, qui, de la part de dame Lucrezia, allait à San Ambrogio, à la maison de la dame en couches, faire certaines commissions et dire à la servante de revenir. Arrighetto l'appela, et le jeune homme, pour vous tout dire en un mot, lui raconta d'un bout à l'autre tout ce qui s'était passé : comment, à la fin, Marco, se reconnaissant coupable, avait demandé pardon à femme et à son beau-frère; et comment, après le départ de Palmieri, les deux époux réconciliés s'étaient mis au lit tranquillement. Arrighetto, enchanté de ces nouvelles, congédia le domestique, qui continua sa route, et revint à la maison où l'attendaient Ginevra et son ami; étant entré par la porte de derrière, il donna la poudre à la dame, qui appela sa servante et lui dit ce qu'elle avait à faire. Celle-ci alla vite à la chambre où était Bartolomeo, et, ayant ouvert la porte, elle le trouva juste au moment où il venait de se réveiller, après son premier sommeil; il repassait en lui-même toutes les péripéties de la nuit précédente. Quand il vit la servante, il lui demanda tout de suite ce que faisait sa femme : elle lui répondit qu'elle n'était pas encore levée. — « De grâce, » dit-il, « je t'en prie, apporte-moi quelque » chose à manger, je n'y tiens plus; » après cela, qu'elle reste couchée et » qu'elle dorme tant qu'elle voudra! » La servante répliqua : — « Ce n'est pas » votre habitude de manger comme cela » dès le matin; peut-être n'avez-vous » pas soupé hier. — Non, » reprit-il, « dépêche-toi un peu. — Oui, j'y

» cours, » continua-t-elle, « avant que » madame soit levée, pour qu'elle n'aille » pas me voir par malheur. » Cela dit, elle sortit ; elle prit un pain, du fromage et une demi-tourte qui leur était restée du souper de la veille ; puis elle revint, posa tout cela sur un coffre et lui dit : « Commencez à manger, pendant que » je vais vous chercher du vin. » Ayant le vase à la main, elle fit semblant d'aller à la cave, et, après avoir fermé la porte, elle vint dans la salle où Arrighetto, qui avait pris un verre, l'avait rempli de vin et y avait versé toute la poudre, qu'il avait bien remuée et délayée; après cela, il reversa le vin dans le vase et dit à la servante d'avoir bien soin de lui faire boire tout. Elle lava le verre et alla où l'attendait Bartolomeo, qui, ayant un peu mangé, mourait de soif; croyant que le vin venait du tonneau, il prit le verre tout de suite et dit : « Verse vite. » Elle versa tout et vida le vase jusqu'à la dernière goutte, mais le verre était à peine plein. Bartolomeo lui dit alors : — « Écoute un peu ; de quoi as-tu eu » peur ? peut-être que je ne m'enivre ? » il n'y a pas de danger ; allons, va, et » rapporte moi encore du vin. » Cela dit, il but le vin tout d'un trait, si bien qu'il n'en resta pas une goutte ; la poudre était très fine, elle n'avait presque pas de goût, et, en eût-il été autrement, il était si las, il avait si soif, qu'il ne se serait aperçu de rien. Mais aussitôt que la composition eut commencé à faire dans son estomac l'effet ordinaire, il tomba, sans s'en apercevoir, endormi sur le coffre, et la servante, qui revenait après avoir tiré d'autre vin, le trouva dormant. Quand elle fut bien sûre du fait, elle courut le dire à sa maîtresse, qui s'occupa tout de suite, avec les deux amis, de terminer l'affaire ; ils vinrent à la soupente et virent Bartolomeo qui paraissait mort. Sa femme, en le voyant en cet état, fut fort étonnée et ne put s'empêcher d'en ressentir du chagrin ;

cependant elle finit par dire que c'était bien fait. « Il n'avait, » dit-elle, « qu'à » se contenter de ce qui était à lui et à » ne pas courir après le bien d'autrui ; » je ne suis pas contrefaite ni assez » vieille pour qu'il ait dû se conduire » ainsi ; » et se tournant vers Ruberto : « Est-ce que je ne dis pas la vérité ? » ajouta-t-elle. — « Comment ! si vous » dites la vérité, » s'écria l'amant ; « mais telle que vous êtes, il n'est pas » un homme au monde, si riche, si » noble, si illustre qu'il soit, qui ne » devrait se tenir pour très heureux de » vous avoir pour femme. » Il voulait continuer à célébrer les louanges de la dame, quand Arrighetto dit : « Finissez, » en voilà assez ; pas tant de paroles, et » aidez-moi à le lever. » Alors, poursuivant l'exécution de leurs projets, ils le prirent, qui par les jambes, qui par les bras, qui par le cou, et le traînèrent dans sa chambre du rez-de-chaussée, car Arrighetto avait apporté son escarcelle avec tous ses autres effets. On remit à Bartolomeo le même pourpoint et les mêmes chausses qu'il avait portés dans le jour, on le coucha sur un lit ; sur une table voisine, on posa sa robe, et tout auprès son escarcelle. Pour parfaire l'œuvre et la rendre plus vraisemblable, Ginevra donna quatre ducats à la même effigie que ceux qui avaient été donnés à la Balia ; Arrighetto y joignit les huit ducats qui lui restaient, et les douze ducats furent mis dans l'escarcelle : c'étaient pour ainsi dire les mêmes qu'en avait tirés Bartolomeo. Tout étant bien disposé, les deux jeunes gens, après avoir fait la leçon à la dame et à la servante et leur avoir dit ce qu'elles avaient à faire, fermèrent la chambre et sortirent par la porte de derrière, sans être vus de personne ; ils s'en allèrent à la maison de Ruberto et se mirent à dormir, car tous deux en avaient grand besoin.

La dame resta à s'occuper de sa maison, puis, selon son habitude, elle alla à l'église. Ses dévotions faites, elle s'en revint et attendit que son mari se réveillât. Aussitôt que les quatre heures furent écoulées et que la poudre eut épuisé sa puissance, Bartolomeo se réveilla ; il n'eut pas plus tôt ouvert les yeux que, voyant la fenêtre ouverte, il reconnut sa chambre; très étonné, il se demanda quand et comment il y était venu ou y avait été porté. Lorsque, après cela, il se vit habillé, et habillé avec ses effets à lui, jusqu'aux pantoufles, son étonnement devint de la stupeur : il ne savait pas s'il veillait ou s'il rêvait, s'il était vivant ou mort, s'il était Bartolomeo ou un autre. Après un peu d'hésitation, il se dit à part lui, après avoir tout bien vu et bien examiné. « Je sais bien que je suis Bartolomeo et je sais aussi que je ne rêve pas; certainement cette chambre est la mienne; voici mon lit, ces habits sont les miens; mais qui est-ce qui me les a mis ? qui m'a conduit ici ? Je ne le sais pas ; je devrais être dans la soupente. » Il dressa la tête et vit son manteau posé sur une table ; il se leva aussitôt et, l'ayant regardé de près, il fut sûr que c'était bien le même qu'il avait porté pendant le jour; à côté, il vit son escarcelle. Stupéfait de tout cela, il ne savait que faire; assis sur le canapé, il repassait dans sa mémoire tout ce qui était arrivé, et se disait à lui-même : « N'ai-je pas donné hier douze ducats à la Baliaccia ? N'ai-je pas été pour coucher avec ma Lucrezia ? N'avons-nous pas été dérangés au bon moment, et n'ai-je pas été caché dans le retrait ? N'y suis-je pas resté plusieurs heures ? N'ai-je pas, par un hasard étrange, besogné la femme de Marco, au lieu de Lucrezia ? Son mari ne s'en est-il pas aperçu ? Ne m'a-t-on pas saisi et lié, après m'avoir d'abord bâtonné de si belle façon que j'en ai encore mal aux reins ? Ce coquin de serviteur n'a-t-il pas dit qu'il ne m'avait jamais vue ? La dame ne m'a-t-elle pas à la fin fait délier et rendu la liberté ? Ne suis-je pas venu à la maison, où, après avoir longtemps frappé, la servante m'a répondu ? Puis, ne suis-je pas entré dans la soupente d'après le conseil de la servante et par crainte de ma femme ? Ne m'a-t-elle pas promis de venir m'appeler dès que la Ginevra irait à la messe ? N'étais-je pas en chemise, pour avoir laissé tous mes vêtements dans la maison de Marco Cimurri ? Comment suis-je maintenant dans ma chambre d'en bas ? Comment m'y retrouvé-je vêtu des mêmes effets ? Quelle chose extraordinaire et inouïe est-ce là ? Guérir des estropiés, rendre la vue à des aveugles, ce n'est pas plus grand miracle ! »

Plus il réfléchissait, plus le fait lui semblait étonnant. « Peut-être, » disait-il, « tout cela n'est-il qu'illusion, peut-être aurai-je rêvé. Mais quoi ! on ne dépense pas son argent en rêvant. » Il courut à son escarcelle, il y fouilla et y trouva ses ducats, tous en or et on peut dire les mêmes. Alors il s'écria, plus surpris que jamais : « Ou je ne suis pas Bartolomeo, ou je suis devenu fou, ou vraiment je suis ensorcelé et possédé; cependant, le ciel m'en est témoin, je suis bien dans ma maison, ceci est ma robe, ceci mon escarcelle, et il y a dedans les douze ducats que je croyais avoir donnés à la Baliaccia. Je sens bien que je suis éveillé, il ne me semble pas que je sois fou, je ne crois pas non plus avoir été malade; je sais bien que je suis moi-même et que je suis dans ma maison; je le vois, je le reconnais, j'en suis mille fois sûr; mais comment, par quel moyen m'y a-t-on amené, qui m'y a conduit? je ne puis me l'imaginer; ce n'est pas le Saint-Esprit, à coup sûr, je ne le mérite pas; ce n'est pas le Diable non plus, car il ne fait jamais que de mauvaises actions, et ce qu'on a fait là est tout le contraire. » Il se parlait ainsi à lui-même et se forgeait les idées les plus étranges du monde, quand la servante, prévenue de ce qu'elle devait faire et le sachant éveillé, l'appela bien fort en lui disant : « Allons, Bartolomeo, levez-» vous, il est bien temps, madame Gi-» nevra veut dîner. » Bartolomeo, stupéfait, demeura un instant indécis; toutefois, il répondit : — « Servez, je viens; » mais il ne savait vraiment que faire. A la fin pourtant, il se disposa à aller dîner, mais à ne rien dire pour voir si les autres ne diraient pas quelque chose; il vint dans la salle où les plats étaient prêts et, après s'être lavé les mains, se mit à table. La douleur, la souffrance, l'étonnement, l'étrangeté du cas, l'empêchèrent de manger et de boire; il restait comme stupide et ne vivant qu'à moitié; il ressemblait à Lazare sortant du tombeau. Sa femme lui dit : « Je ne m'é-» tonne pas que vous n'avaliez pas une » bouchée, après avoir tant dormi ; » n'auriez-vous pas bu de l'opium ? » Comment se fait-il qu'hier soir, après » être rentré bien plus tard qu'à l'ordi-

» naire, vous n'avez pas voulu souper,
» et que vous vous soyez mis à dormir
» tout de suite après vous être jeté tout
» habillé sur votre lit? Nous vous avons
» appelé : vous nous avez répondu que
» vous vouliez vous reposer et qu'il fal-
» lait fermer la porte; que nous n'avions
» qu'à souper, sans vous ennuyer da-
» vantage. Nous vous avons obéi, et,
» après que la servante eut été se cou-
» cher, je vous ai attendu trois longues
» et mortelles heures; voyant que vous
» ne veniez pas, je me suis mise au lit,
» et, comme j'étais fatiguée, je me suis
» endormie; après m'être réveillée ce
» matin de bonne heure, je suis descen-
» due, et, inquiète de vous, j'ai ouvert
» votre porte; je vous ai trouvé tout
» habillé, dormant en travers de votre
» lit avec plus de calme et de tran-
» quillité que je ne vous ai jamais vu
» dormir. Satisfaite, j'ai fermé la porte
» et j'ai été à mes affaires, en attendant
» que vous vous leviez; mais, l'heure

» du dîner venue et craignant que tant » dormir ne vous fît mal, je vous ai fait » appeler par la servante. Ainsi il n'y a » pas trop à s'étonner si vous n'avez » pas d'appétit. »

Bartolomeo avait prêté grande attention aux paroles de sa femme ; elles lui causèrent un tel étonnement que, sans parler, il se leva de table et s'en alla, pour mieux s'éclairer, voir dans la soupente s'il y trouverait, comme il le croyait, la couverture, le drap et le matelas ; mais la dame, très rusée, avait prévu le cas, et il trouva la chambre toute pleine de lin et d'étoupe, en sorte qu'il semblait qu'on y avait préparé du lin pendant un mois ; alors il fut sur le point de perdre connaissance. Triste et abattu, il sortit de sa maison, pour se faire une certitude ; il s'en alla de l'autre côté de l'Arno et passa par la maison de Marco, dont il trouva par hasard la porte fermée ; il ne s'y arrêta pas trop, car il se méfiait, et ne demanda rien.

Revenu à sa maison, il se dirigea vers la porte de derrière; voyant les fenêtres de la Baliaccia fermées, il demanda après elle, et une voisine, d'accord avec la Balia et Arrighetto, lui répondit qu'elle était partie la veille avec sa famille pour la campagne d'un de ses amis. Bartolomeo, plus surpris et plus confondu que jamais, ne savait plus s'il existait ou non; le soir venu, il rentra chez lui et se mit au lit sans souper. Il eut beau réfléchir à tout cela, il ne comprit jamais rien. Tantôt il disait oui, tantôt il disait non; tantôt il se laissait aller à l'espérance et au désir, tantôt il était en proie à la terreur et au chagrin; il ne pouvait s'arrêter à rien. Toute la nuit se passa ainsi sans qu'il pût fermer les yeux; le matin il se leva de bonne heure, oublia de faire ses prières ordinaires, et s'en alla à travers Florence, errant de tous les côtés, regardant tout avec étonnement comme s'il eût été étranger; il fixait sur tout le monde des yeux hagards, de manière qu'il semblait être possédé du démon; il passa ainsi toute la journée sans dîner et sans rentrer dans sa maison. Le soir, le hasard fit qu'il se trouva dans la rue Ognissanti; poursuivant son chemin, il arriva sur le Prato vers une heure et demie, et, ayant perdu la mémoire, ne se souvenant plus ni de sa maison, ni de sa femme, il se mit à se promener de long en large devant les murs, marchant très vite. Cela dura jusqu'au milieu de la nuit, et aurait, je crois bien, duré jusqu'au jour, sans sa faiblesse et sa fatigue, car il n'avait, on peut le dire, rien mangé depuis trois jours; ayant beaucoup marché et s'étant beaucoup fatigué, il en vint à perdre toutes ses forces et à tomber à terre d'épuisement, mais bientôt, l'étrangeté de l'aventure, l'étonnement, la stupeur, le chagrin, la douleur, lui firent perdre, ce qui fut bien pis, ses facultés intellectuelles, et il resta à terre à rire pendant tout le reste de la nuit. Le matin, au lever du soleil, il commença à dire et à faire les folies les plus étranges et les plus bizarres dont on ait jamais ouï parler ; si bien qu'ayant été reconnu, il fut ramené par des parents et des amis, dans sa maison, auprès de sa femme qui en fut affligée et surprise, comme vous pouvez le penser, et qui le tint de longs jours enfermé ; mais plus tard, s'étant aperçue que c'était un fou tranquille et gai, elle le laissa aller à son gré par le logis. Bartolomeo, quand il ne mangeait ou ne buvait pas, ne faisait autre chose que de rire ; il répondait tout de travers à ce qu'on lui disait, et il avait de sa femme une telle peur, qu'un clin d'œil, une parole d'elle le faisaient trembler de la tête aux pieds ; il se serait, comme on dit par manière de parler, réfugié dans une coquille de noix ; cela faisait plaisir à la dame au delà de ce qu'on peut imaginer.

Comme c'était une femme de tête et d'énergie, elle prit en main le gouvernement de la maison; elle fit tout de suite revenir, accompagné de la nourrice, son fils qui était à Mugello, et s'occupa de lui plus que d'elle-même; elle prit un intendant qu'elle chargea de gérer ses biens et vécut honorablement et en noble dame, de sorte que tout le monde faisait son éloge et disait que c'était la femme la plus sage, la plus honnête et la plus distinguée de Florence. Dès le premier jour que son mari eut perdu la raison, elle coucha constamment avec son cher Ruberto; tous deux, avec l'aide de la servante, avaient pris leurs dispositions pour se retrouver ensemble chaque nuit. Ruberto garda si bien son secret et fut si prudent, que non seulement il ne fut jamais vu, mais encore que personne au monde ne conçut le moindre soupçon. C'est qu'on ne le voyait jamais passer le jour dans la rue de Ginevra, et qu'on ne le rencontrait jamais à l'église ni aux cérémonies où elle allait. Les amants d'aujourd'hui sont tout le contraire : ils ne pensent, par un sot orgueil, qu'à faire savoir partout qu'ils sont amoureux de telle ou telle dame, et, comme les Napolitains et les Espagnols, ils se contentent plus volontiers de paraître qu'ils ne tiennent à être ; ces allées et venues devant les maisons, ces poursuites dans les églises, font à bien des jeunes filles le plus grand tort et leur valent le blâme général, Dieu et Notre-Dame le savent.

Allons, en voilà assez pour le moment; je veux seulement vous dire encore que dame Ginevra et son Ruberto jouirent heureusement de leur amour pendant de longues années, sans jamais donner à personne occasion de rien dire.

SECONDE NOUVELLE

—

A Savone, ville de l'âpre et montagneuse Ligurie, vivait naguère un jeune homme aussi bien pourvu des avantages de la fortune que n'importe quel autre habitant de la rivière de Gênes. Il était dans ces tendres années où le visage se peint de fraîches couleurs. Un jour, pour se distraire, il alla avec d'autres jeunes gens à la chasse aux oiseaux. Mais souventefois arrive que, en cherchant à usurper sur la liberté d'autrui, c'est notre liberté que nous laissons prendre misérablement dans les filets des autres, si bien que nous l'en dégageons souvent avec peine et ne pouvons quelquefois pas l'en dégager du tout : c'est ce qui arriva au jeune homme dont je parle. Après avoir passé la plus grande partie du jour à ne rien prendre du tout, le soir étant tombé et le moment venu de rentrer chez lui, il quitta ses compagnons à la porte de leurs villas ; puis, par hasard, il arriva tout seul au bord d'une fontaine qui portait avec un doux murmure son tribut à un petit ruisseau dont les eaux baignaient doucement les contrées d'alentour ; on aurait cru que chaque goutte disait : C'est ici que la belle Vénus reçut pour la première fois les tendres embrassements d'Adonis. Il y trouva trois dames, qui y étaient installées ; la plus belle et la moins âgée, nommée Violante, les manches de sa chemise relevées jusqu'aux coudes, s'amusait à remuer l'eau pure, tantôt avec une main, tantôt avec l'autre, en guise de rames ; la Pellotta, mère de Violantina, et sa belle-fille, la Franceschetta (ainsi se nommaient les deux autres), assises à terre en face d'elle, ramassaient avec leurs doigts les fils avec lesquels elles avaient tramé la toile des nappes fines qu'elles avaient envoyé tisser le jour précédent. Elles ne s'étaient pas aperçues d'abord de l'arrivée du jeune homme; aussitôt qu'elles le virent, elles manifestèrent leur étonnement et l'accueillirent de loin avec la gaieté qui leur était habituelle, la Franceschetta surtout, parce qu'elle était sa parente ; quant à lui, il les salua en s'inclinant humblement, et après bien des propos échangés, on se mit en route pour rentrer à Savone.

L'amour qui, jusqu'à ce moment, n'avait pu, malgré mille efforts, rompre l'enveloppe de marbre dont le jeune homme s'était armé, le pénétra par une voie secrète, grâce au grave et doux regard de Violantina; il l'attendrit si bien que ce cœur de pierre, trop avare de lui-même jusque-là, devenu faible et doux, se refléta sur son visage dont l'expression fut celle que nous montrons à un ami venu de loin pour nous voir; sans essayer résistance, il donna aussitôt à Violantina l'entière possession de sa propre personne. Ayant senti l'atteinte amoureuse, et devenu désireux d'autrui, il prit en lui-même le parti de tenir ses pensées secrètes (contrairement à la coutume des habitants de Savone, qui pour la plupart ſont ouvertement et sans retenue la cour à leurs dames, dont ils viennent rarement ou presque jamais à bout, se contentant de fleurs et de ſeuilles) ; il connaissait la lamentable histoire de la Fiammetta et de l'illustre Boccace qui, s'entretenant avec vous autres, dames, et se plaignant, disait que jamais ou presque jamais amour qu'on n'a su cacher n'a eu d'heureuse fin. Guère de temps ne s'écoula que le nouvel et brave chevalier des armées de Cupidon sut habilement ſaire parler ses regards, et la jeune fille vit bien que le malheureux ſondait au ſeu de ses yeux comme la neige au soleil. Elle s'apprêtait à lui venir honnêtement en aide, quand elle sentit son front se colorer et son âme, toute pleine d'un pur amour, fuir loin d'elle je ne sais par quel hasard ; comme elle voulut la rappeler, elle laissa échapper, au lieu de paroles, un soupir si étouffé qu'il fut perceptible seulement aux yeux du jeune homme, déjà aimé. Ainsi percés d'un même trait, ils entrèrent dans la ville ; et le jeune homme accompagnant les dames qui l'accompagnèrent à leur tour, chacun rentra chez soi.

Quand la belle Violantina eut reçu dans sa chaste poitrine la cruelle flamme d'amour, assaillie de désirs qu'elle n'avait jamais éprouvés, animée de l'ardente volonté de plaire à un autre plus qu'à elle-même, elle laissa tomber sur sa poitrine son front chargé de pensées ; et l'esprit plein de l'image du bien-aimé, elle se représentait si bien par la pensée chacun de ses gestes, chacune de ses paroles, qu'elle ne se souciait de rien tant que de penser ; et, en pensant, une tendresse si grande lui remplissait le cœur, qu'oublieuse d'elle-même, elle ne savait parler d'autre chose que de son jeune amant.

Le jeune homme éprouvait les mêmes sentiments, et, pour ne pas vous raconter en détail tout ce qui se passa en eux, Steva, ayant rencontré une fille qui se faisait appeler Maria et qui était au service de Violantina, fit tant, à force de prières et d'argent, qu'il l'amena un jour à lui promettre de faire en sa faveur tout ce qui dépendrait d'elle; elle le laissa plein d'espérance et, rentrée à la maison, elle trouva à l'entresol Violantina plus pensive que jamais. Il lui sembla que le lieu et le moment étaient favorables à ses projets et elle se mit à parler longuement de Steva Castodengo; louant tantôt sa grande courtoisie, tantôt ses gracieuses manières, tantôt sa beauté parfaite, et d'instant en instant éperonnant avec plus de vigueur le cheval déjà entraîné de la volonté de Violantina. Puis, quand elle l'eut amenée au point qu'elle voulait, elle lui parla ainsi : « Violantina, si » j'étais sûre que tu ne le dirais pas, je » serais assez folle pour te dire une » chose que depuis plusieurs jours on » me prie de te dire et que je n'ai jamais » voulu te découvrir. Mais qu'ai-je dit ? » infortunée que je suis ! je ne te le » dirais pas quand même tu me couvri- » rais d'or. Malheur à moi ! si cela ve- » nait aux oreilles de ton frère, il n'y » aurait pas au monde de femme plus à » plaindre que moi. S'il est digne de » compassion, qu'importe ? je ne dois » pas courir au-devant d'un châti- » ment pour vouloir faire plaisir à » autrui. »

La jeune fille comprit et devina fort bien, dès les premiers mots qui frappèrent ses oreilles, où la servante voulait en venir, et elle lui dit avec les plus douces paroles qui soient jamais sorties d'une bouche humaine : « Maria, me » connais-tu des sentiments assez bas

» pour supposer que je dirais jamais à
» personne ce que tu me confierais en
» secret? certainement tu te tromperais
» bien si tu pensais cela. Tu sais com-
» bien de fois j'ai introduit en cachette
» ton amant pour coucher avec toi, tu
» t'es fiée à moi; jamais je n'ai rien
» dévoilé, et même j'ai trouvé mille
» excuses pour te venir en aide. — Tu
» dis la vérité », répondit l'esclave,
« mais bien sûr tu me pardonneras, ce
» que j'ai à te dire est trop grave. —
» Comment, c'est trop grave? » s'écria
Violantina, « si c'est sorti de la bouche
» d'un homme, ce ne sera jamais plus
» grave qu'un homme n'est grave; dis-le-
» moi de grâce et ne me laisse plus
» ainsi en suspens. » L'autre répliqua :
— « Dans quel but veux-tu que je
» perde ainsi mes paroles? Suppose que
» je te l'aie dit, car, de toutes façons, si
» je te le dis, tu en feras autant que si
» je ne l'avais pas dit; sans compter que
» j'ai peur, et cela suffit. — Tu me

» fais bien enrager aujourd'hui, » reprit Violantina, « fais-moi ce plaisir, dis-le-
» moi : je te jure par cette croix que je
» ne le redirai jamais à personne ; et, si
» ce n'est pas chose contraire à mon
» honneur, je te promets de suivre tes
» conseils. — Je ne puis résister à tes
» prières, » dit Maria, « et je te dis que tu
» seras ma perte. Il y a déjà plusieurs
» jours que, les yeux baignés de larmes
» et la bouche pleine de soupirs, Steva
» Castodengo m'a dit que tu as pénétré
» son cœur au point qu'il ne peut plus
» vivre si tu ne viens promptement à
» son secours. Maintenant, je t'ai dit
» brièvement tout ce qui est nécessaire
» pour que, sans plus longs discours, tu
» lui donnes satisfaction. Si tu veux
» suivre mes conseils, tu laisseras de
» côté la peur et toute autre considéra-
» tion, et tu prendras avec lui ces plai-
» sirs que réclament ta jeunesse et ta
» beauté, afin de ne pas vieillir comme
» tant d'autres auxquelles il n'est resté

» d'autre ressource que de se repentir.
» Violantina, tu es prudente; tu as toutes
» les facilités possibles et tu ne seras
» guère habile si tu ne profites pas avec
» circonspection d'une bonne chose qui
» pourrait t'arriver plus rarement que tu
» ne le penses. »

Dame Violantina, dégoûtée du peu, s'entendant ainsi toucher dans son honneur, répondit avec un air de colère: — « Oh! que Dieu te pardonne! qu'est-ce
» que tu me dis là? Maria, ne sais-tu
» pas qu'on doit tenir à l'honneur au-
» tant qu'à la vie même? Je suis con-
» tente que Steva m'aime; je veux
» l'aimer comme il convient à une
» jeune fille honnête; mais plaise à Dieu
» que personne ne me fourrage avant
» celui à qui je lierai mon sort! » L'esclave reprit alors: — « Jusqu'ici, j'avais
» eu de toi fort bonne opinion, mais à
» présent je ne sais vraiment que penser
» ni que te répondre quand tu me dis
» qu'il faut tenir tant de compte de

» l'honneur. Y a-t-il une femme sur
» cette terre qui n'ait pas publiquement
» son galant ? qui ne l'appelle, en pré-
» sence de tout le monde quand il passe
» dans la rue ? qui ne le retienne à causer
» sur sa porte le plus qu'elle peut ? voilà
» les choses contraires à l'honneur que
» tu devrais éviter. Mais qui dirait que
» tu y as manqué, s'il vient seul la nuit
» te parler, sans être vu ni entendu de
» personne ? personne assurément, à ce
» que je crois. Tu pourras me dire : Il
» est bien que je conserve mon puce-
» lage pour mon mari : ce serait bien
» s'il te gardait le sien, mais il est aussi
» possible pour une femme de trouver
» un mari puceau que pour les ânes de
» voler ; et quand on se rend la pareille,
» aucune des deux parties n'a à se
» plaindre. Au surplus vois ce que tu
» as à faire : il me suffit de te l'avoir dit,
» comme je le lui avais promis, et sois
» certaine qu'à l'avenir je ne t'en par-
» lerai plus ; est-ce que Steva est un

» gueux, un esclave dont il y aurait lieu » de rougir ? »

La servante se tut et Violantina lui dit d'un air moins irrité : — « Maria, je » sais bien que tout ce que tu dis est la » vérité même, et je ne puis nier que » j'aime passionnément Steva Casto- » dengo, mais j'ai trop peur pour me » laisser aller à mes désirs. » Maria répliqua : — « Et de qui as-tu peur ? » Laisse-moi arranger cela, et je te » promets que cette nuit et en toute » sûreté je le mènerai à ta chambre. — » Tu ne feras pas cela, » reprit Violantina, « mais pour ne pas paraître trop » dure, tu pourras lui dire que s'il veut me » parler en secret, il vienne cette nuit à » la porte de derrière et que je lui par- » lerai tant qu'il voudra par les fentes. »

Les deux femmes étant ainsi d'accord, la servante prévint Steva, et, le soir venu, quand tout le monde dans la maison fut allé se coucher, elle descendit les escaliers avec Violantina, et toutes deux se mirent près de la porte à attendre le jeune homme. Il arriva, si joyeux qu'il ne tenait pas dans sa peau, et, sans faire aucun autre signal, il mit, comme cela avait été convenu, son gant droit dans une des fentes les plus larges qui aboutissaient à l'intérieur de la maison ; Violantina connut ainsi sa présence. Après les compliments ordinaires que les amants échangent entre eux, on se mit à parler de choses plus importantes, et le jeune homme fut si éloquent que sa bien-aimée lui aurait ouvert cent portes pour une ; quand il fut entré, il se comporta si vaillamment que sa liaison dura plusieurs mois, au grand contentement de l'une et de l'autre partie.

Le hasard fit que le frère de la Violantina, mari de la Franceschetta, fut obligé d'aller à Gênes avec dame Pellotta, sa mère, à propos de quelques biens du mont San Giorgio ; les préparatifs faits, ils partirent de Savone avec bon vent. Aussitôt la Violantina, avec la plus vive allégresse du monde, appela la servante, et lui ordonna d'aller trouver Steva pour lui dire de venir le soir suivant, qu'ils pourraient sans rien craindre passer ensemble dans son propre lit toute une délicieuse nuit. La servante trouva Steva, fit sa commission, et, en ayant reçu l'assurance qu'il ne manquerait pas au rendez-vous, elle revint à la maison. Il fut convenu que Violantina irait ce soir-là se coucher la première de toutes, pour que Franceschetta n'eût aucun soupçon, et qu'ensuite, à l'heure convenue, Maria guiderait Steva jusqu'à la chambre de sa bien-aimée.

Violantina se rangea à l'avis de Maria, et il était à peine nuit que, faisant semblant d'avoir grand sommeil, elle alla se coucher; Franceschetta fit de même quelque temps après. Les chambres des deux jeunes femmes étaient l'une auprès de l'autre et séparées par un petit intervalle; elles avaient leur entrée sur une même salle; quand fut venue l'heure des plaisirs accoutumés, le jeune homme fut introduit par la servante dans la maison; Maria, après avoir fermé la porte, le prit par la main et, le plus doucement qu'elle put, le mena à la porte de la salle par laquelle on entrait dans les deux chambres. Ils n'y furent pas plus tôt arrivés, qu'ils entendirent un fils de Franceschetta qui couchait dans la même chambre que la servante, mais dans un autre lit, pleurer bien fort ; alors elle lui dit : « Steva, attendez-moi ici » jusqu'à ce que j'aie été là-haut calmer » le petit ; je vous réjoins tout de » suite. » Le jeune homme, laissé seul, et dont l'appétit était trop vif, se mit à marcher dans la salle en tâtonnant; il arriva à un mur qu'il suivit jusqu'à ce qu'il trouvât la porte de la chambre de Franceschetta; il crut que c'était celle de sa Violantina et essaya de l'ouvrir.

Franceschetta, que les cris de son enfant avaient réveillée, entendant toucher à sa porte, pensa que ce devait être

Steva Castodengo, qui, cherchant après Violantina, s'était trompé de porte; car Violantina, trop sûre de son fait, avait babillé tout le jour avec la servante sans la moindre prudence, sans aucune discrétion, et s'était conduite de telle sorte que la majeure partie des gens de la maison, et entre antres la Franceschetta, avaient compris de quoi il s'agissait. Celle-ci, décidée à laisser entrer Steva dans sa chambre, et à lui dire, quand il y serait, les plus grosses injures du monde, fit mine de dormir. Sur ces entrefaites, le jeune homme ouvrit la porte et entra; ne sachant où était le lit, il allait au hasard, les mains en avant, de tous les côtés; enfin il vint à l'endroit où Franceschetta, découverte depuis la ceinture jusqu'en haut à cause de la grande chaleur, était couchée; par hasard, il lui posa la main sur la poitrine et l'appela à voix basse : « Violan-» tina ! » Cela la rendit honteuse au delà de toute expression, et la honte lui ayant ôté la parole, elle fut forcée de le recevoir, dans ses bras, toute tremblante, sans pouvoir rien dire. Steva, l'ayant appelée plusieurs fois et ne l'entendant pas répondre, crut d'abord qu'elle dormait et eut recours à divers moyens pour l'éveiller. Voyant qu'elle ne dormait pas, il craignit que quelque autre dame, soit de sa maison, soit de sa parenté, ne fût dans le lit avec elle; et sans rien ajouter, il commença à s'occuper des affaires pour lesquelles il était venu. La Franceschetta, n'ayant pu éviter une première faute, chercha d'en éviter une seconde et resta immobile, muette, ne lui refusant aucune partie de son corps. Mais Steva, qui avait écouté longtemps pour savoir s'il y avait dans le lit une autre personne avec elle, et qui n'avait rien entendu, commença à soupçonner la vérité; aussi se mit-il à tâter d'une mains plus attentive le corps qui lui était abandonné. Arrivé à son plus bel endroit peut-être (je parle de la poi-

trine), il reconnut en touchant les seins que ce n'était pas Violantina et s'aperçut qu'il avait affaire à sa parente; comme il était adroit, il pensa qu'il ne fallait pas se conduire avec elle comme il se serait conduit avec l'autre et il se mit à dire : « Je ne sais vraiment pas,
» Violantina, de quoi je dois me plain-
» dre le plus, de ta cruauté ou de mon
» malheur; tu sais qu'il y a beau temps
» que je t'aime, et jamais tu n'as jugé
» à propos de me récompenser autre-
» ment qu'en paroles; et maintenant
» que Dieu me permet de te tenir dans
» mes bras, tu me réduis à ne pas savoir
» si tu es muette ou si, par miracle, je
» suis devenu sourd. Ah! chère Violan-
» tina, contente-toi des injures que tu
» m'as faites jusqu'ici et ne sois plus si
» ardente à m'affliger; car, je te le jure
» par cette poitrine que j'aime et que
» j'adore plus que toute autre chose, le
» plaisir que je reçois de toi en ce
» moment se transforme en angoisse et

» en amertume, quand je pense qu'en le » taisant, tu prouves que, si tu es com» plaisante pour moi, c'est que tu y es » forcée. Oh ! comme tu me fais bien voir » qu'ici-bas il n'y a pas de plaisir qui » n'apporte avec lui quelque chagrin ! » De quel cœur puis-je attendre une se» conde entrevue, si, la première fois » que je viens ici, tu me traites si cruel» lement ? et que peux-tu me faire de » pis que de ne pas me dire un mot, au » milieu des plaisirs les plus vifs, comme » tu le fais ? Ah ! ma chère Violantina, » âme de ma vie, à la fin de cette nuit » qui ne me laissera pas un souvenir de » bonheur complet, fais qu'une douce » parole de toi me rende heureux, bien » heureux, pour tout le reste de ma » vie ! » Il se tut un court instant et, ne recevant aucune réponse, il ajouta : « Si » tu es si avare pour moi de tes ri» chesses, ô bouche plus riche et plus » charmante qu'aucune autre, que tu » me croies indigne d'écouter un peu ta

» musique, consens au moins à ce qu'un » seul baiser paie tant de paroles! » Ayant ainsi parlé, il reçut autant de baisers qu'il en donna.

Quand Maria eut consolé le petit enfant de Franceschetta, ce qui la retint vraiment plus qu'elle ne le pensait, elle revint doucement dans la salle et, n'entendant rien, elle se figura que Steva avait trouvé seule la Violantina ; sans s'en assurer autrement, persuadée qu'elle ne se trompait pas, elle alla dormir. Mais la pauvre amoureuse, la Violantina, malheureuse et trahie, qui n'avait pas cessé d'attendre toujours son bien-aimé et qui au moindre bruit avait sans résultat dressé l'oreille, s'était levée toute nue et avait été écouter tantôt à la porte, tantôt aux fenêtres de la chambre si Steva arrivait; trompée mille fois par suite d'une seule erreur, préoccupée à l'excès, roulant dans sa tête tous les accidents malheureux qui avaient pu survenir, elle avait passé une bonne partie de la nuit. Parmi les mille idées qu'elle avait, elle ne pouvait se mettre dans la tête que Steva eût en aucune façon manqué à la foi promise ; poussée, je ne saurais dire par quel instinct, sinon par celui de l'amour, et se trouvant auprès de sa porte, elle s'achemina d'un pas décidé vers la porte de Franceschetta ; de là, elle entendit un bruit sourd et confus, et, s'appliquant davantage pour mieux entendre, elle finit par s'apercevoir que cet amant après lequel elle soupirait était couché entre les bras de sa propre belle-sœur. Ce qu'elle devint alors, ô dames compatissantes, si quelqu'une d'entre vous m'écoute en ce moment qui connaisse l'amour par expérience, je pourrai bien le lui dire, mais je ne me chargerais jamais de le dire aux autres. Aussitôt le soupçon, tous les mauvais sentiments qui l'accompagnent envahirent son cœur ; et cette peste vomie par l'enfer, l'abominable jalousie dont l'incurable poison était prêt pour elle depuis longtemps, s'empara d'elle au point que, semblable à une sombre sorcière, elle fut plusieurs fois tentée de prendre hardiment un couteau, et non seulement de passer sa colère sur son innocente belle-sœur, mais encore d'arracher les yeux de son cher Steva, de celui qui était la moitié de sa vie, et de ne pas s'épargner elle-même dans cette rage excessive. Mais elle se laissa aller à des pensées plus douces et plus sages; elle se rendit à la cuisine où elle alluma une lumière, remit sa chemise, et, comme si elle avait à l'improviste besoin de quelque chose, vint à la chambre de Franceschetta; trouvant la porte ouverte, elle entra et dit : « Franceschetta, dors-» tu? je voudrais..... mais qui as-tu dans » ton lit, vilaine femme? » La pauvre Franceschetta qui, de honte, avait perdu la parole à l'arrivée du jeune homme, dans l'obscurité, devint tout à fait muette quand elle vit sa belle-sœur en pleine lumière; on aurait dit une statue.

Sur ces entrefaites, Steva, toujours

habile en toutes circonstances, prit la parole : « Madame, pardonnez-moi, » dit-il, « elle n'est pas coupable du tout » et moi je le suis peu ; ce n'est pas elle » qui, comme vous le savez, est ma pa- » rente, que je cherchais, mais bien votre » servante ; je suis venu ici croyant être » dans la chambre de Maria ; j'avais » commencé par ouvrir votre porte en » la crochetant avec des outils à moi. » Alors Violantina répondit : — « Ah ! que » Dieu te maudisse ! voyez avec quels » mensonges il cherche, le traître, à ex- » cuser l'outrage qu'il a fait à mon frère » de concert avec sa femme ! » Dès que Franceschetta eut retrouvé la parole, elle dit : — « Violantina, aussi vrai que je » souhaite que Dieu me sauve de ce » malheur et de tous les autres, je l'ai » trouvé auprès de moi sans l'avoir en- » tendu ; et que devais-je faire ensuite ? » Fallait-il en criant, me couvrir de » honte, procurer pour jamais à ma fa- » mille l'infamie, et l'exposer à la mort

» peut-être, lui ? En vérité, si tu ne nous » avais pas découverts, personne, pas » même lui, ne pouvait m'accuser d'avoir » manqué à l'honneur, car je ne lui avais » pas dit un mot. » Mais Violantina se tournant vers le jeune homme : — « Dis-moi, » s'écria-t-elle, « méchant, » dans quelle intention tu es entré dans » la maison d'autrui pour déshonorer de » pauvres femmes ? Par la croix de » Dieu ! si je n'étais si préoccupée de » notre honneur, je te ferais.... », et, le menaçant du doigt, elle se tut un instant. Puis elle ajouta en faisant semblant de l'avoir reconnu à l'instant même : « C'est donc toi, Steva Castodengo, » qui outrages de si cruelle façon notre » famille ? Voilà la constance inébran- » lable des hommes ! voilà la foi qu'ils » jurent tout le long du jour aux dames » crédules ! Combien de fois m'as-tu » dit : Violantina, permettez-moi de » soupirer pour vous, de vous aimer » et de vous désirer, puisque je vous

» aime; car toutes mes pensées se rap-
» portent à vous? Les mots pour Vio-
» lantina, les actes pour Franceschetta.
» Mais plus tu demeures ici, plus tu
» nous compromets; prends donc tes
» vêtements sur ton épaule et passe
» devant moi; je veux voir si je saurai
» fermer la porte assez bien pour que
» dorénavant elle ne s'ouvre pas si faci-
» lement avec des crochets. »

Steva, sans dire un mot de plus, mit ses souliers et passa devant elle; elle le suivit, le conduisit dans sa chambre et l'y poussa doucement; puis elle continua son chemin et vint à la porte de la rue. Après y avoir fait un peu de bruit, elle s'en retourna à la chambre de Franceschetta, à qui elle dit les plus grosses injures du monde; puis elle partit et regagna la sienne. Là, elle entama à voix basse une nouvelle querelle avec Steva; mais celui-ci la calma en lui parlant de son crochet. Avant le jour ils étaient raccommodés, et il était convenu entre eux que, pendant tout le temps que la mère et le frère de Violantina seraient à Gênes, Steva viendrait toutes les nuits coucher avec elle.

FIN DU TOME SECOND ET DERNIER

TABLE DES MATIÈRES

DU TOME SECOND ET DERNIER

DEUXIÈME SOUPER
(Suite)

Paris. — Typ. Ch. Unsinger, 83, rue du Bac.

Paris. — Typ. Ch. UNSINGER, 83, rue du Bac.

www.ingramcontent.com/pod-product-compliance
Lightning Source LLC
LaVergne TN
LVHW020602110826
845149LV00002B/345
9782019601584